이계
마왕성
CASTLE OF
ANOTHER WORLD

이계마왕성 1

강한이 장편 소설

초판 1쇄 찍은 날 § 2012년 6월 22일
초판 1쇄 펴낸 날 § 2012년 6월 28일

지은이 § 강한이
펴낸이 § 서경석

편집부장 § 권태완
편집책임 § 어정원

펴낸곳 § 도서출판 청어람
등록번호 § 제1081-1-89호
등록일자 § 1999. 5. 31
어람번호 § 제1-1409호

주소 § 경기도 부천시 원미구 심곡2동 163-2 서경B/D 3F (우) 420-822
전화 § 032-656-4452 팩스 § 032-656-4453
http://www.chungeoram.com
E-mail § chungeorambook@daum.net

ⓒ 강한이, 2012

ISBN 978-89-251-2914-3 04810
ISBN 978-89-251-2913-6 (세트)

※ 파본은 구입하신 서점에서 교환하여 드립니다.
※ 저자와 협의하여 인지를 붙이지 않습니다.
※ 이 책은 도서출판 청어람과 저작자의 계약에 의해 출판된 것이므로,
   무단 전재 및 유포·공유를 금합니다.

CASTLE OF ANOTHER WORLD

FUSION FANTASTIC STORY
강한이 장편 소설

이계 마왕성

목 차

1장 독립   7

2장 마왕성   41

3장 독기   97

4장 붕어빵   149

5장 누나   197

6장 반성   239

7장 이채빈 VS 상가연합   277

제1장
독립

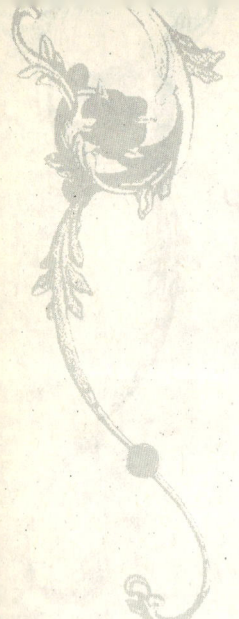

이계
마왕성

"주유 끝났습니다. 안녕히 가세요."

채빈이 주유 덮개를 닫았다. 시동이 걸린 차가 주유소를 벗어나 대로 위로 미끄러져 들어갔다.

"후우……."

채빈은 지친 한숨을 뿜아내며 주유기 스탠드에 엉덩이를 깔고 앉았다. 어느덧 시간은 밤 11시. 이제 얼추 바쁜 시간은 다 지나 들어오는 차도 현저히 줄었다.

이채빈.

이제 졸업을 목전에 둔 고등학교 3학년생이다. 이 주유소에서 일한지는 3년째. 고등학교에 입학하고부터 줄곧 이곳에서 아르바이트를 해온 터였다.

오늘은 유독 몸이 힘든 날이었다. 간밤에 숙자의 강짜로 숙면을 취하지 못한 데다, 점심을 허겁지겁 먹어 속도 더부룩했다.

"왜 그렇게 늘어졌어?"

배불뚝이 중년 사장 구달수가 정산을 마치고 사무실에서 나오고 있었다. 채빈은 고개를 들고 의미없이 웃어보였다.

"체기가 좀 있어서요."

"돌도 씹어 먹을 나이에 사내놈이 체하긴. 얀마, 내가 네 나이 때는 변기에 오줌을 싸면 총을 쏜 것처럼 돼 있었어."

"과장 좀 하지 마세요. 그게 말이 되는 소리예요?"

"어어. 씨불넘이 어른 말을 안 믿어."

달수는 입이 걸걸했지만 좋은 사람이었다.

채빈이 그만두지 않고 오래도록 이곳에서 열심히 일할 수 있었던 것도 사장이란 사람이 좋았기 때문이었다.

"처먹어라."

달수가 캔 커피를 불쑥 내밀었다.

"고맙습니다."

채빈이 캔 커피를 받아 뚜껑을 땄다. 달수는 차양 너머로 반짝이는 밤하늘을 보며 혼잣말처럼 중얼거렸다.

"3년만 총무질하면 부소장 시켜준다니까."

"그 얘긴 왜 또 하세요."

"촌 동네 주유소라고 무시할 게 아냐, 새꺄."

"제가 제 고향을 왜 촌 동네라고 무시해요. 그리고 사장님 주유소 매출 좋은 거 사장님 다음으로 제가 제일 잘 아는데요."

"아는 새끼가 그래?"

"좋은 건 좋은 거고, 어쩔 수 없잖아요."

달수가 입을 다물고 뒷목을 주물렀다.

사실 채빈에게 달수의 제안은 무척 솔깃한 것도 맞았다. 다만 채빈은 응할 수 없을 뿐이었다. 하루라도 빨리 이 동네를 떠나고 싶었다. 이러한 채빈의 결심은 달수도 익히 알고 있는 터였다.

"니 새끼가 기어이 서울 올라간다니까 하는 말이지. 서울 가면 씨부릴, 금덩이라도 있는 줄 알어?"

"그런 기대 안 해요."

"집에다가는 말했어?"

달수의 목소리가 작아졌다. 채빈은 남은 커피를 단숨에 들이켜고 손안의 캔을 찌그러뜨리며 고개를 가로저었다.

"아직이요."

"언제 하게?"

"졸업식 일주일 전쯤요."

"떠나기 전에 인사는 제대로 드려야지."

"설마 그냥 올라가겠어요?"

"에라, 매정한 새끼. 후딱 들어가."

달수가 돌아서서 사무실을 향해 슬리퍼를 질질 끌었다. 뒤따라 일어선 채빈은 스탠드 너머의 쓰레기통을 조준해 캔을 던졌다. 경쾌하게 골인이었다.

"조심히 들어가라."

"사장님도요."

집으로 돌아가는 깊은 밤의 버스는 언제나처럼 한산했다.

채빈은 가장 뒷자리에 앉아 무릎 위에 놓은 가방을 열었다. 가방 속에서 그가 꺼낸 것은 손때가 진하게 묻은 적금통장이었다.

₩ 10,013,924

통장을 펼친 채빈의 입가에 한 줄기 미소가 그어졌다. 그간 아르바이트를 하면서 빠듯하게 저축한 결과물이었다.

채빈은 이 돈을 발판으로 서울에서의 생활을 개시할 각오였다. 만기일은 졸업식 직전. 이제 코앞이었다.

채빈이 집을 떠나려는 데에는 그럴 만한 사연이 있었다. 지금 살고 있는 집은 정확히 말해 남의 집이었다.

채빈의 부모는 5년 전, 불의의 교통사고로 세상을 떠났다. 그날부터 지금까지 채빈은 아버지 친구의 집에 얹혀 살아오고 있었다.

사업에 실패한 부모님이 채빈에게 남겨준 거라곤 땡전 한 푼 없었다. 거기에 더해 일가친척 하나 없던 채빈은 고아가 되어 덩그러니 세상에 혼자 남겨지고 말았다.

그때였다.

장례식장에서 처량함과 막막함으로 몸을 웅크리고 앉아 있던 채빈 앞에 아버지의 친구라는 남자가 나타났던 것이다.

―네가 채빈이구나.

남자의 이름은 공진태였다. 채빈은 자세히 알지 못했지만 진태는 생전의 아버지와 가장 절친한 벗이었다.

진태는 오래도록 채빈의 아버지 소식을 모르고 있었다. 채빈의 아버지 쪽에서 자신의 궁핍한 신세를 부끄러이 여기고 연락을 끊어버린 탓이었다. 진태가 이렇게 장례식 날이 되어서야 찾아올 수 있었던 것은 동창회에서 전해온 부음 덕택이었다.

―나이도 어린 것이……. 밥은 먹었니?

진태는 채빈을 끌어안고 자신의 아들 대하듯 등을 쓸어주었다. 죽은 듯이 말이 없던 채빈은 비로소 흐느끼기 시작했다.

―우리 집으로 가자.

장례 절차가 끝나기에 앞서 진태는 결심을 굳혔다. 채빈을 자신의 집으로 데려가 함께 살기로. 작은 사업을 하는 진태에게는 채빈을 돌볼 만큼의 여유가 충분히 있었다.

채빈은 그렇게 진태의 집에서 함께 살게 되었다.

표면적으로는 모든 일이 잘 풀린 것처럼 보였다. 하지만 실상은 그렇지 않았다. 진태의 부인 숙자 때문이었다. 그녀는 처음 만난 순간부터 지금까지 채빈의 모든 부분을 못마땅해하고 있었다.

숙자는 영악하기가 이를 데 없는 여자였다.

진태가 집에 있을 땐 전혀 싫은 티를 내지 않았다. 하지만 일 때문에 집을 비우기라도 하면 바로 본색을 드러내고 채빈을 짓궂게 괴롭히곤 했다.

―이게 뭐야? 네 빨래는 세탁기에 넣지 말라고! 어디다 이런 냄새나는……!

―냉장고에 든 이 우유 네 거니? 안 그래도 공간 부족한데 집으로 가져오지 말고 밖에서 먹고 들어와!

―지금 시간이 몇 시야? 전기세 나오니까 불 꺼!

숙자의 괴롭힘은 일일이 열거할 수 없을 만큼 신랄하고 유치하기 짝이 없었다. 밥상에서도 마찬가지였다. 계란 프라이라도 하면 채빈의 몫만 꼭 없었다.

한 번은 이런 일도 있었다.

무더운 복날이었다. 숙자는 자신의 어린 아들에게 삼계탕을 먹이면서 같은 상에 앉은 채빈에게는 찬밥과 김치만 내놓았다. 묵묵히 숟가락을 드는 채빈에게 숙자가 앙칼지게 소리쳤다.

―빨리 먹고 들어가! 시체마냥 축 늘어져가지고는 옆에서 보는 사람 입맛까지 떨어지게.

모든 괴로움이 몸에 익었다고 생각했지만 이때만큼은 설움이 복받치지 않을 수 없었다. 채빈은 물에 밥을 말아 재빨리 먹어치운 뒤 빈 그릇을 들고 일어섰다. 부엌을 나서자마자 꿋꿋이 참았던 눈물이 한꺼번에 터져 나왔다.

학교에 가지 않는 주말이면 채빈은 아예 아침부터 집을 나섰다. 향하는 곳은 근처 도서관이었다. 그곳에서 온종일 취미인 글쓰기를 하거나 책을 읽으며 하루를 보냈다. 적어도 그 시간 동안은 모든 괴로움을 잊을 수 있었기에.

채빈은 그렇게 나름의 방법으로 부조리함을 받아들이는 한편 세월을 흘려보냈다. 부조리든 나발이든 더부살이를 한다는 건 틀림없는 사실이니까. 절이 싫으면 중이 떠나는 게 옳은 거니까.

현실에 순응, 또 순응하며 그저 떠나게 될 때만을 간절히 기다렸다. 그렇게 시간이 지나 드디어 오늘에 다다르게 되었던 것이다.

'이제 떠날 수 있어!'

채빈이 손 안의 통장을 꾹 잡았다. 얇은 통장이 담고 있는 돈의 무게가 묵직하게 전해져 오는 듯했다. 덜컹거리는 버스 안에서 채빈은 기쁘게 웃었다.

버스에서 내렸을 땐 밤 11시가 지나고 있었다. 채빈은 추위에 양어깨를 웅크린 채 집을 향해 발길을 재촉했다.

어둠 너머로 집이 보이고 있었다.

진태의 집은 규모가 큰 3층짜리 단독주택이었다. 방만 해도 6개, 화장실은 4개였다. 이 거대한 주택 안에 마련된 채빈의 거처는 옥탑의 2평짜리 작은 방이었다.

처음부터 옥탑에 살았던 건 아니었다. 본래 채빈의 거처는 3층 복도 끝의 안락한 방이었다. 하지만 재채기만 해도 시끄럽다고 난리를 쳐대는 숙자 때문에 부득이 옥탑으로 옮겼던 것이다.

당연히 진태는 말렸다. 난방도 연결되지 않은 옥탑방으로 왜 옮기느냐는 거였다.

채빈은 밤하늘을 보는 게 좋아서라고 둘러댈 수밖에 없었다. 숙자는 그때 옆에서 가증스럽게 웃고 있었다. 그 얼굴을 채빈은 평생 잊을 수 없을 것 같았다.

채빈이 집 대문 앞에 도착했다.

슬그머니 소리를 죽여 문을 열고 들어섰다. 드넓은 정원 한 곳의 파라솔 밑에서 희끄무레한 형체가 실룩이고 있었다.

"이제 와?"

소근거리는 목소리가 차가운 밤공기를 가르며 채빈에게 날아들었다. 채빈은 등 뒤로 손을 뻗어 대문을 닫으며 고개를 끄덕였다.

"추운데 밖에서 뭐해?"

채빈이 작게 물었다.

상대는 진태의 딸 은효였다. 고등학교 2학년생으로 채빈보다 1살 어린 나이였다.

은효는 잠옷 위에 두툼한 패딩 점퍼를 걸치고 있었다. 그녀는 점퍼 속으로 두 팔을 꿴 채 서서 말이 없다가 채빈을 슬며시 올려다보며 입을 떼었다.

"올라갈 거야?"

"올라가야지. 피곤하다."

"오빠 방 말고."

"어? 그럼 뭘? 무슨 말이야?"

"왜 시치미 떼는데? 서울 갈 거잖아?"

채빈의 두 눈이 확연히 커졌다.

독립 17

"어디서 들었어?"

"어디서 들었냐고? 지금 그게 중요해? 이런 일을 나한테 왜 숨긴 건데?"

채빈은 '아차' 하는 표정으로 고개를 떨어뜨렸다. 사장님은 아닐 테고, 주유소의 동료 직원 중 누군가가 말하는 걸 들은 걸까.

채빈은 1명씩 얼굴들을 떠올려보다가 그만두었다. 은효의 말마따나 이제 와서 누가 말을 했는지가 뭐 그리 중요하겠는가.

채빈은 포기하고 한숨 섞인 목소리로 말했다.

"그래, 올라간다."

"서울 가서 뭐할 건데?"

"뭐든지."

"뭐든지? 뭐든지가 뭔데?"

"피곤하다. 나중에 얘기하자."

채빈이 은효의 어깨를 가볍게 밀어내며 한 걸음을 뗐다. 은효는 물러서기는커녕 채빈을 가로막고 다그치듯 말을 이었다.

"공부를 하겠다는 것도 아니고 그냥 뭐든지가 뭐야? 알아들을 수 있게 말을 해야지."

"나중에."

"이렇게 무턱대고 떠나면 어떡해? 나한테만 말해봐. 응? 오빠, 말해줄 수 있잖아. 그치?"

채빈이 고개를 내저었다. 실상 할 말도 없었다. 서울행 결정은 도피라고 해도 이상할 게 없었다. 은효에게 그 심정을 솔직히 전하기는 싫었다.

"너무해, 나한테."

"미안. 들어간다."

채빈은 슬픔이 감도는 은효의 얼굴을 외면하고 지나쳤다. 은효가 뒤에서 팔목을 잡았다. 채빈은 매몰차게 그 손길을 뿌리치고 빠른 걸음으로 계단을 올랐다.

'후우.'

옥탑방으로 들어선 채빈은 불을 켜고 방 한가운데 몸을 무너뜨렸다. 이불이 깔리지 않은 바닥 위에서 냉기가 넘쳐흐르고 있었다.

'이게 뭐지.'

담요를 깔기 위해 몸을 빙글 돌렸을 때였다.

책상 위에 놓인 작은 선물상자가 보였다. 채빈은 상자를 집어 빨간 리본을 풀고 포장을 뜯었다. 눈부신 은빛의 메탈 손목시계가 들어 있었다.

시계 사이에는 작은 카드가 꽂혀 있었다. 채빈은 떨리는 손가락 끝을 움직여 카드를 펼쳤다.

졸업 미리 축하해. 은효가 오빠 언제나 응원하는 거 알지? 오빠 한국 최고의 작가가 될 거야. 우리 오빠 홧팅! 아자자자!

채빈은 어깨가 들썩이도록 크게 숨을 몰아쉬었다. 두 눈으로는 낡아빠진 자신의 거처를 새삼스럽게 돌아보면서.

지옥 같은 집.

끔찍한 동네.

피가 마르는 일상.

하루에도 비틀거리기를 수십 번.

그 한가운데에 공은효가 있었다.

이제 채빈은 확실하게 깨달았다. 비루한 삶에 한 가닥의 위안이 되어주었던 존재를. 은효가 있어서 견딜 수가 있었다. 그녀 덕분에 이런 지옥 같은 곳에서 지금까지 버텨올 수 있었다.

하지만, 하지만…….

채빈은 책상 위로 카드를 던지듯 내려놓았다. 지금 감상에 젖으면 끝장이다. 어설픈 감정으로 미련을 품게 되면 더욱 큰 고통만 거듭될 것이다.

무조건 떠날 것이다. 아는 이 하나 없는 낯선 서울에서 이채빈이라는 인간의 삶을 새로이 개척해 나갈 것이다. 채빈은 불을 끄고 차가운 이불 속 깊이 몸을 집어넣었다.

시간이 흘러 마침내 졸업하는 날이 왔다.
졸업식은 채빈에게 아무런 감흥도 주지 못했다. 힘든 삶을 버텨오는 일만도 힘겨워서 변변한 친구 하나 사귀지 못한 3년이었다.
채빈은 정해진 행사가 끝나기 전에 학교를 빠져나왔다. 더 있어봤자 할 일도 없었고, 그보다는 은효와 만나게 될까 봐 걱정이었다. 꽃다발이라도 들고 축하하러 찾아올 게 분명하니까.
떠날 준비는 완벽히 되어 있었다.
짐이라고는 여행용 가방 하나가 끝이었다. 그 가방은 아침에 가지고 나와 지금 손에 들려 있는 참이었다. 머무르게 될 방 역시 지난주에 미리 올라가 확인을 끝냈다.
진태에게는 편지를 한 장 남겼다. 그동안 감사했다는 말과 함께 언제고 은혜를 갚겠다는 마음을 진솔하고 정성스럽게 적었다.
그에 반해 은효에게는 한마디 말도 남기지 않았다. 이참에 완벽하게 정을 떼는 편이 낫다고 생각했기에 핸드폰 번호도 며칠 전에 바꿔버렸다.
'안녕.'

예매한 버스에 오른 채빈은 창밖을 바라보며 속으로 작별을 고했다. 시동이 걸린 버스의 바퀴가 구르기 시작했다. 19년을 살아온 고향 풍경이 창 뒤로 빠르게 멀어져 가고 있었다.

서울에 도착한 채빈은 방을 알아봤던 부동산을 찾아갔다. 오늘 당장 계약하고 입주할 계획이었다.

그러나 계획은 시작부터 꼬이고 말았다.

"방이 나갔다니요. 대체 그게 무슨 말씀이세요?"

채빈이 황당해하며 물었다. 나이 지긋한 중년의 업자는 읽고 있던 신문을 돌돌 말며 난처한 기색으로 대답했다.

"내가 요 며칠 하도 정신이 없어 그만 깜박했지 뭔가. 나이 앞엔 장사없어. 학생도 내 나이 돼 봐. 마누라 얼굴도 어떻게 생겼는지 가물가물하다고."

"아니, 아무리 그래도……."

채빈이 지끈거리는 이마를 싸맸다. 지난주에 아예 계약을 해버렸으면 문제가 없었을 텐데. 불과 며칠 차이의 적금만기일이 걸려서 구두로만 약속했던 것이다.

"어쩔 수 없죠. 그럼 다른 방이라도 좀 알아봐 주세요."

"그게 말이지, 학생……."

업자가 눈곱도 끼지 않은 눈을 부비며 말끝을 흐렸다.

"왜요?"

"학생이 원한 조건으로는 적당한 방이… 그 돈에 지상층, 그것도 25만 원 이하로는 영 찾기가 힘들어서."

채빈이 커다란 가방의 손잡이를 잡고 일어섰다.

어디 고시원이라도 들어가야 하나, 아니면 모텔 방이라도 잡아놓고 알아봐야 하나. 어느 쪽이든 채빈은 머리가 아팠다. 시작부터 제대로 자리를 잡고 싶었는데.

"수고하셨습니다. 안녕히 계세요."

채빈이 힘없이 인사를 남기고 돌아섰다.

업자는 어쩐지 눈빛으로 채빈의 뒷모습을 바라보고 있었다. 그러더니 이윽고, 무엇인가를 결심한 얼굴로 돋보기안경을 쓰며 일어섰다.

"학생, 잠깐만."

"네?"

채빈이 문을 열다 말고 돌아섰다. 업자가 책상의 컴퓨터 앞에서 키보드를 두드리고 있었다.

"잠깐만 기다려 보게."

채빈이 영문을 모르고 우두커니 섰다. 어느새 책상 끝의 프린터가 소음과 함께 종이 한 장을 뱉어내고 있었다. 업자는 종이를 들어 위아래로 훑어보고는 말했다.

"사실 딱 좋은 물건이 하나 있긴 하네."

"그래요? 아니, 근데 왜 진작 말씀 안 하셨어요?"

"그게… 조금 장소가 외져서."

"그런 건 상관없다니까요. 어쨌든 서울인 건 맞잖아요. 가격이 중요하죠. 얼만데요?"

"500에 25, 아니면 900에 20."

채빈의 얼굴이 단박에 환해졌다. 더 듣고 자시고 할 것도 없었다. 채빈은 문을 활짝 열고 바깥을 가리키며 업자를 재촉했다.

"지금 당장 보러 갈 수 있죠? 얼른 가시죠."

"그렇긴 한데……."

"왜요? 무슨 다른 문제 있어요?"

"아니, 아니야. 일단 가세."

업자가 손사래를 치고는 웃옷을 걸쳤다.

차로 10여 분을 달려 목적지에 도착했다. 갈색 벽돌로 외관을 장식한 2층짜리 고풍스러운 주택이 채빈을 기다리고 있었다.

주위 풍경은 황량했다. 돌보지 않은 논밭들 사이에 드문드문 민가라든지 짓다 만 건물들이 자리하고 있었다.

상가라고는 100미터쯤 떨어진 곳에 자리한 2층 건물 하나가 고작이었다. 텅 빈 건물 앞의 초라한 마차에서는 한 여자가 멍하니 붕어빵을 팔고 있었다.

"들어가세. 밖에서 보면 이래도 안에 들어가면 또 달라요."

"아, 네."

채빈과 업자는 나란히 주택으로 들어섰다.

주택은 원룸 건물이었다. 한 층에 2개씩 총 4개의 원룸으로 구성되어 있었다. 업자는 1층의 101호로 채빈을 안내했다.

채빈이 말했다.

"2층으로 가고 싶은데. 안 돼요?"

"2층은 도배가 안 됐어. 방은 다 똑같으니까 일단 여길 봐요."

업자가 열쇠를 꽂고 문을 열었다. 별 느낌 없이 따라 방으로 들어선 채빈은 입을 크게 벌리고야 말았다.

"우와아악!"

방은 10평에 달하는 넓이를 자랑하고 있었다. 게다가 복층구조였다. 창을 통해 흘러드는 햇살이 목조 복층계단의 나이테를 또렷하게 비춰주고 있었다. 구색만 겨우 갖춘 골방을 상상하던 채빈은 기겁하지 않을 수 없었다.

도배도 깨끗하게 되어 있었다. 풀 옵션은 아니었지만 냉장고와 가스레인지, 그리고 밥통까지 구비되어 있었다. 정말 당장 짐을 풀고 살기 시작해도 무리가 없을 그런 방이었다.

이렇게 좋은 방이 고작 500에 30, 아니면 900에 20이라고? 아무리 외졌다고 해도 이곳은 분명한 서울이었다. 터무니없이 저렴한 가격이어서 채빈은 어쩔 수 없는 의혹을 품었다.

"사장님, 왜 이렇게 집세가 싸요?"

"외져서 그렇다니까. 사거리까지 걸어서 20분은 가야 해요. 그리고 오면서 다 봤잖아. 근처에 구멍가게 하나 없는 걸. 차 없으면 살기가 영 귀찮아."

"20분 정도 걷는 게 뭐 대수라고요. 진짜 그게 다예요? 아, 그리고……."

채빈이 말을 멈추고 업자를 똑바로 쳐다보았다. 정적 너머로 새들이 지저귀는 소리가 아득하게 들려오고 있었다.

"다른 세입자는 하나도 없는 거예요?"

"어? 어……."

업자는 멍한 표정으로 천장을 올려다볼 뿐이었다.

"총 4세대라고 했죠? 근데 너무 조용하잖아요."

"그게… 지금은 없어."

뒷머리를 긁적이며 대답하는 업자의 얼굴이 영 마뜩찮았다. 채빈은 번득이는 눈으로 업자의 당황스런 기색을 쫓으며 다그쳐 물었다.

"그냥 다 말씀해주세요. 아까부터 뭔가가 마음에 걸리긴

했어요. 무슨 특별한 이유로 이 값에 이런 좋은 방을 내줘요? 그리고 왜 아무도 안 들어오고요? 이렇게 저렴한데 왜 세입자가 하나도 없냐고요? 그리고 처음부터 이 집을 알려주시지 않았던 이유도 궁금하고……!"

"잠깐, 잠깐! 아이고, 정신이야. 기다리게, 내가 다 이야기할 테니까."

업자가 채빈을 제지하고 크게 한숨을 쉬었다.

몇 번인가 눈동자를 굴려 채빈을 살핀 끝에, 업자가 넌지시 운을 뗐다.

"사실 여기 살던 세입자 둘이 행방불명됐어."

"네?"

"3년 전에 한 번, 그리고 두 달 전에 한 번. 가족들 말로는 분명 집에 있었다고 하는데. 결국 머리카락 한 올 못 찾았고. 그 뒤로 저주가 들린 집이네, 귀신이 씌었네 하고 지랄들을 해서 소문이 좀 안 좋게 났지. 가뜩이나 싸한 동넨데 그런 소문까지 났으니. 허허허."

"아아."

채빈이 상황을 파악하고 고개를 끄덕였다. 업자는 컬컬해진 목을 헛기침으로 달래고 말을 계속했다.

"내 입장에 이런 말 하면 안 되지만, 학생을 보니 내 어릴 때 생각이 나서. 나는 열일곱에 혼자 지방에서 올라왔거든.

기왕이면 좋은 방을 주고 싶었지. 아, 이 집이 나쁘다는 말은 아냐. 다 헛소문이라고 생각은 해요. 단지, 그 점을 숨기고 학생에게 소개시켜주고 싶지는 않았어."

"집주인은 뭐하는 분이세요?"

"팔십 드신 노인네여. 고생 끝에 첨으로 쌓은 집이라고 숟가락 놓기 전엔 허무는 꼴 못 보겠다대. 그러면서 저는 저짝, 평창동 가 살고. 가끔 하자없는지 보러나 오는 거지."

"으흠."

채빈이 한 바퀴 더 방 안을 둘러보았다. 역시 아무리 봐도 좋은 방이었다. 혀끝으로 입술을 핥으며 채빈은 몇 번이고 고개를 끄덕이고 있었다.

"역시 학생도 안 내키지?"

"아니요. 마음에 들어요."

업자가 두 눈을 치켜떴다.

"마음에 든다고?"

"전 미신 안 믿거든요."

그렇게 대답하며 채빈은 싱크대를 지나 화장실 문을 열었다. 화장실 내부도 새것까지는 아니었지만 무척 깨끗했다. 샤워기와 세면기, 그리고 변기까지 있어야 할 곳에 확실히 설치되어 있었다.

"여기 말고 다른 방은 도배 안 됐다고 하셨죠?"

"어? 어, 그렇지."

"그럼 그냥 이 방으로 할게요."

업자가 목이 타는 듯 침을 꿀꺽 삼키고 있었다.

"학생, 정말 괜찮겠어?"

"뭐, 어때서요. 저 미신 안 믿는다니까요."

원래 우연이 가득한 세상이다. 우연과 우연이 우연스럽게 겹치는 일도 적지 않다. 각기 다른 곳에서 사라질 수도 있었던 두 사람이 한집에 세입자로 들어왔던 것뿐이다.

채빈은 충분히 일어날 수 있는 일에 불필요한 의미를 붙여 마음을 쓰고 싶지 않았다. 왜냐하면 불가능한 일은 절대로 일어나지 않는 법이므로.

짐을 다 풀고 즉석에서 서류를 작성했다.

보증금 900만 원에 월 20만 원으로 계약을 끝냈다. 업자는 몇 번이나 불편한 게 있으면 연락하라는 말을 남기고 방을 나섰다.

부르르릉!

채빈은 차를 몰고 멀어지는 업자를 창을 통해 보면서 웃었다. 알고 보니 좋은 사람이었다. 생면부지의 자신에게 이 정도로 마음을 써준 게 고마웠다.

'진작 알려줬으면 더 좋았을 텐데. 그깟 헛소문이 다 뭐라고.'

가방 하나뿐인 짐을 다 풀고 나니 비로소 내 집을 구했다는 실감이 났다. 채빈은 휑한 방 한구석에 누워 잔고를 계산했다.

'100만 원도 안 남았잖아.'

1,000만 원 가량의 전 재산에서 보증금으로 900만 원, 한 달 치 방세로 20만 원이 나갔다. 이제 남은 돈은 고작 80만 원. 이 돈으로는 절대 안심할 수 없었다. 무엇이든 입에 풀칠할 방안을 마련해야 하는 것이다.

'우선 아르바이트부터 구해야지.'

채빈은 오래된 낡은 노트를 꺼내 계획을 짜기 시작했다. 우선 아르바이트를 구하고, 서울 생활이 좀 익숙해질 즈음 하고 싶은 공부를 시작할 생각이었다.

대학은 진즉에 포기했다. 하늘을 찌를 듯한 고액의 등록금을 어찌 감당한단 말인가. 한땐 대학생활을 갈망하기도 했었지만 그것도 다 부모님이 살아계셨던 시기의 꿈일 뿐이었다.

어쨌든 지금 순간 채빈은 행복했다.

사방이 고요해서 그저 좋았다. 숙자의 앙칼진 타박도 없는 완벽한 편안함이 좋았다. 지금껏 그토록 갈구해 오던 유토피아란 이런 것이었구나 하고, 채빈은 기쁨으로 몸을 떨었다.

'아, 졸려.'

이른 시간부터 부산하게 움직인 탓일까. 점차 눈앞이 가물거려 왔다. 채빈은 스스로도 모르는 사이에 손 안의 펜을 떨어뜨리고 깊은 잠에 빠져들었다. 실로 간만의 편안한 낮잠이었다.

채빈은 저녁이 다 되어서야 허기를 느끼고 잠에서 깨어났다.

'뭘 먹지?'

오늘 이사를 왔으니 집에 먹을 거라곤 쌀 한 톨 없는 게 당연했다. 채빈은 대충 세수를 한 다음 웃옷을 걸치고 집을 나섰다.

3월의 칼바람이 채빈을 휘감았다.

가는 도중 채빈은 집을 슬쩍 돌아보았다. 어둑해진 주위 풍경에 맞물려 건물이 한결 을씨년스럽게 보였다. 한쪽 벽면의 절반을 아우른 담쟁이넝쿨이 괴물의 손아귀처럼 으스스하게 느껴졌다.

'아직도 하네.'

100미터 쯤 큰길을 걸어 나왔을 때였다. 텅 빈 상가건물 앞의 붕어빵 마차에서 여자가 영업을 계속하고 있었다.

채빈은 마차로 다가갔다. 20분이면 사거리로 나가 제대로 된 밥을 사 먹을 수 있을 테지만 일단 배가 너무 고팠다. 붕어빵으로라도 허기를 조금 달래놓고 싶었다.

"어서 오세요."

책을 읽고 있던 여자가 고개를 들고 밝은 목소리로 맞았다. 20대 초반의 젊은 여자였다. 분수처럼 하나로 올려 묶은 검은 머리칼 끝에 하얀 밀가루 반죽이 묻어 있었다.

"얼마씩 해요?"

"3마리 1,000원이요."

채빈이 지갑을 꺼내다 말고 여자를 쳐다보았다.

"뭐라고요?"

"네? 3마리 1,000원이라고……."

고향에서는 6마리에 1,000원이었는데 무려 2배의 가격이라니. 채빈은 어이없어 혀를 내두르면서도 1,000원 지폐 한 장을 꺼냈다.

"주세요."

"네, 네. 감사합니다."

여자가 봉지를 펼쳐 따뜻한 붕어빵을 담았다. 3마리째 넣은 여자가 채빈을 슬쩍 보더니 1마리를 더 집어넣고 봉투를 내밀었다.

"서비스로 1마리 더 넣어드릴게요. 자주 오세요."

"아, 괜찮은데……. 감사합니다."

채빈이 멋쩍게 고개를 수그렸다. 여자가 웃으며 넌지시 말을 붙였다.

"저기, 이사 오셨나 봐요?"

채빈이 두 눈을 동그랗게 뜨자 여자는 황망히 웃으며 급히 말을 이었다.

"여기서 하루 종일 일하고 있으니까 안 보고 싶어도 보여요. 손님이 저 집에서 나오시는 것도 보였거든요."

"아… 네, 오늘부터 살게 됐습니다."

"저 집에 불이 켜진 걸 석 달 동안 한 번도 못 봤는데……. 죄송해요. 별 뜻 없이 그냥 해본 말이었어요."

"네, 그럼 수고하세요."

채빈이 무감정한 목소리로 대답하고 돌아섰다.

괜히 붕어빵을 샀나 싶은 기분이 들었다. 이제부터 지나갈 때마다 인사라도 해야 하는 건가. 외출하면 무조건 이 길을 지나가야 하는데. 불편한 관계는 딱 질색이다.

4마리째의 붕어빵을 작살낼 즈음 채빈은 사거리에 도착했다.

걸으면서 먹었기 때문인지 속이 더부룩했다. 제대로 된 저녁을 먹기는 글렀다 싶어 바로 일을 구하기 위해 PC방으로 향했다.

채빈은 구직 사이트에 접속해 근방의 주유소부터 검색했다. 오래도록 했던 아르바이트라 가장 익숙하다는 게 주유소를 택한 이유였다.

마침 사거리에서 가까운 주유소가 아르바이트생을 모집하

고 있었다. 채빈은 곧장 핸드폰으로 전화를 했다. 일단 오라는 사장의 말에 채빈은 PC방을 나와 주유소로 향했다.

"안녕하세요. 아까 전화 드린 사람인데요."

"아, 이리 들어와요."

사장이 채빈을 사무실로 안내했다.

주유소는 빠른 걸음으로 20분이면 충분히 집에 돌아갈 수 있는 위치였다. 면담을 시작하기도 전에 채빈은 어떻게든 이 주유소에서 일해야겠다고 결심하고 있었다.

"주유소 일을 3년 했다고?"

"정확히는 2년 반 정도요."

"업도 다룰 줄 알아요?"

"업이나 스탠드나 똑같죠. 당기는 거 빼면요."

"흐흠, 좋아요."

짧은 면담 끝에 채용은 금방 결정되었다.

오전 7시부터 오후 4시까지 점심시간을 제외하고 8시간 근무. 시급은 4,800원으로 시작. 쉬지 않고 일하면 월급은 115만 원 가량. 재빨리 계산을 끝낸 채빈은 불만없이 조건을 받아들였다.

'이제 좀 마음이 편하네.'

수입원이 확보되자 기분이 좋아졌다. 당장 내일부터 일하기로 이야기를 마친 다음 채빈은 홀가분하게 주유소를 나섰다.

이제부터 할 일은 장보기였다.

채빈은 대형마트로 가서 꼭 필요한 생필품들을 구입했다. 이렇게 쇼핑을 해보는 것도 난생처음이라 색다른 기분이 들었다.

'와, 장난 아닌데.'

막상 카트를 끌면서 보니 사야 할 것이 너무 많았다. 칫솔, 비누, 샴푸, 쌀, 라면, 달걀, 보리차 팩, 양은냄비, 수저… 한도 끝도 없었다.

"22만8,110원입니다."

"네? 얼마요?"

"22만8,110원이요."

"여, 여기요."

지갑을 쥔 손이 바들바들 떨리고 심장이 다 욱신거렸다. 돈도 써본 사람이나 쓰는 거라고 했던가. 하굣길에 붕어빵 하나 사 먹는 일에도 고심하곤 하던 채빈에게는 무척 쓰라린 지출이었다. 이제 잔고는 60만 원도 채 남지 않았다.

그래도 한편으로는 뿌듯했다. 이제는 스스로 삶의 주체가 되었다는 자신감이 들었다. 앞으로 아껴 쓰면 어떻게든 이 한 몸은 살아갈 수 있을 것이다.

채빈은 원룸으로 돌아와 냉장고에 음식을 채워 넣고 라면을 끓여 먹었다. 설거지를 끝내고서는 즉각 대청소를 시작했다.

'후후후.'

보면 볼수록 방이 마음에 들어서 채빈은 또 웃고 말았다. 일가친척 하나 없는 서울에 와서 첫 집 한 번 기막히게 잘 구했다.

"아씨, 쓰레받기가 없네."

손바닥으로 모아서 버릴까 하던 차에 건물 지하의 창고가 생각났다. 어쩌면 청소도구가 보관되어 있을지도 모른다.

채빈은 슬리퍼를 꺾어 신고 방에서 나왔다.

지하로 이어진 10단 남짓의 계단을 내려가자 녹슨 창고 문이 나왔다. 다행히 문은 잠겨 있지 않아 살짝 돌리자 가볍게 열렸다.

끼이익.

2평 내외의 창고 내부는 어두컴컴했다.

채빈은 얼굴에 들러붙는 거미줄을 헤치며 벽을 훑어 스위치를 찾았다. 하지만 등이 오래전에 나갔는지 눌러도 불이 들어오지 않았다.

'젠장.'

채빈이 창고 문을 활짝 열었다. 1층 자기 방의 불빛이 흘러 들어와 창고 안을 미약하게나마 밝혀주었다.

전방 벽을 등지고 선 5단 철제 선반이 보였다. 선반에는 고철 발전기에서부터 낡은 로프, 전깃줄, 라디오 따위가 두서없이 쌓여 있었다.

채빈은 게슴츠레하게 눈을 뜨고 두리번거린 끝에 선반 깊숙이 처박혀 있던 쓰레받기를 발견했다.

"왜 이렇게 깊어."

채빈이 선반 안으로 힘껏 손을 뻗었다. 거리는 간당간당했다. 발끝으로 서서 손가락을 찔러 넣는데 그만 쓰레받기가 밀려 선반 뒤쪽 밑으로 떨어지고 말았다.

"씨발!"

채빈이 욕을 하며 몸을 아래로 굽혔다.

선반 뒤편 바닥 구석에 비스듬히 처박힌 쓰레받기가 보였다. 채빈은 머리를 잔뜩 숙이고 그 안으로 팔을 뻗었다.

'어?'

쓰레받기를 손에 잡았을 때였다.

이상한 구멍이 눈에 밟혔다. 쓰레받기가 떨어진 구석 바닥에서 손가락 한 마디 정도 위의 벽면에 아주 작은 구멍이 나 있었다.

그저 구멍이었다면 지나쳤을지도 모른다. 하지만 이 구멍은 안에 뭐가 들었는지 가느다란 빛을 희미하게 뿜어내고 있었다.

'뭐지?'

채빈은 쓰레받기를 거꾸로 잡고 그 끝으로 구멍 주위를 쿡쿡 찔러 보았다. 벽 너머가 텅 빈 느낌이 확연하게 전해져 왔다. 조금 더 세게 찌르자 벽이 움푹 꺼지면서 새로운 구멍이 생겨났다.

'누가 뭘 숨겼나?'

궁금한 걸 참으면 병이 된다.

채빈은 선반 가장 밑단의 물건들을 모조리 빼내 치웠다. 그렇게 하고 나자 빠듯하게 몸뚱이가 겨우 들어갈 만큼의 공간이 만들어졌다.

채빈이 손가락을 구멍에 끼워 넣고 힘을 주었다. 벽이 두 손바닥만 한 정사각형으로 뜯어져 나왔다. 다른 데는 전부 돌인데 이곳만 나무로 되어 있었음을 채빈은 알 수 있었다.

'이게 뭐지?'

뜯겨진 벽 너머 작은 공간의 바닥에 주먹 크기의 황색 돌이 박혀 있었다. 채빈이 본 빛은 이 돌에서부터 흘러나오고 있었던 것이다.

'보석인가?'

채빈의 가슴이 쿵쾅거렸다. 만약 이 돌이 진짜 값비싼 보석이라면 이사 첫날부터 무슨 횡재란 말인가. 채빈은 기대에 부풀어 보석을 두 손 가득 잡았다.

바로 그 순간이었다.
슈우우욱!
"우왓! 뭐야!"
황색 돌에서부터 눈부신 빛이 솟구쳤다.
몸을 피할 새도 없이 빛은 순식간에 채빈을 휘감고 빨아들였다. 텅 빈 지하 창고의 열린 문이 칼바람에 앞뒤로 천천히 흔들리고 있었다.

제2장
마왕성

이계
마왕성

채빈은 자신이 꿈을 꾸고 있다고 생각했다.

1평 정도의 협소한 공간이었다. 그 가운데 우두커니 자신이 서 있었다.

'어떻게 된 거야?'

눈앞을 가로막은 붉은 철문을 바라보며 채빈은 혼란에 빠졌다. 두려움에 휩싸인 채 뒤를 돌아보았다. 바닥에 원형의 문양이 새겨져 있는 게 보였다.

"뭐냐고, 이게!"

채빈이 머리를 쥐어뜯었다. 여기가 어디인지 알 수 없었다. 쓰레받기를 가지러 들어온 지하 창고는 분명히 아니었다.

'그 황색 돌……!'

채빈의 뇌리에 창고에서 만진 황색 돌이 떠올랐다. 그 돌을 만진 순간 갑자기 주위 풍경이 뒤바뀐 것이다.

채빈은 눈앞의 붉은 철문을 밀어 보았다. 육중한 외관과 달리 철문은 소리도 없이 간단히 열렸다. 문틈 너머로 푸른빛에 휩싸인 원형의 공간이 보였다.

'어쩌지?'

채빈은 고민했지만 그것도 잠시였다. 어차피 달리 출구도 없었던 것이다. 용기를 내어 붉은 철문의 문턱을 넘어 원형 공간으로 들어섰다.

원형 공간은 30평 정도로 제법 널찍했다. 주위를 둥글게 에워싼 벽에서 흘러나오는 빛이 조명 역할을 해주고 있었다.

공간 중앙에 잿빛의 작은 오두막이 있었다. 이런 곳에 누군가가 살고 있다는 것일까? 정체를 알 수 없는 공포로 등골에 소름이 확 끼쳤다.

"저, 저기, 누구 계세요?"

채빈이 쥐어짠 목소리로 물었다. 그러나 돌아오는 대답은 없었다. 몇 번을 다시 불러 보았지만 허사였다. 채빈은 천천히 오두막으로 다가갔다.

'이게 무슨 글자지?'

문간 위에 알 수 없는 글자가 새겨진 문패가 달려 있었다. 채빈은 멀뚱히 그것을 바라보다 눈앞의 문을 두드려 보았다. 역시 반응이 없어 채빈은 살며시 오두막 문을 열었다.

 오두막 안에는 아무도 없었다.

 낡은 볏짚 이부자리와 작은 책상이 보였다. 책상 위에는 몇 권의 책이 포개져 있고, 그 옆에는 팔뚝만 한 동상이 놓여 있었다. 동상은 팔짱을 꿰고 선 인간의 형상이었는데 머리에 양 갈래로 뿔이 돋아나 있는 게 흡사 악마 같았다.

 '무슨 책일까.'

 동상에서 책으로 시선이 옮겨갔다. 표지에 적힌 글자는 문패에 적혀 있던 것과 똑같아서 읽을 수가 없었다. 채빈은 별 생각없이 책을 잡고 첫 장을 펼쳤다.

 "헉!"

 책을 펼친 순간 말도 안 되는 일이 벌어졌다. 책장의 글자들이 둥실둥실 떠오르더니 채빈의 두 눈 속으로 파고들기 시작하는 것이 아닌가.

 "우아아악!"

 채빈이 책을 떨어뜨리고 두 손으로 눈앞을 휘저었다. 바닥에 떨어진 책에서부터 줄기차게 글자들이 솟구쳐 올라 채빈의 두 눈으로 처박히길 계속하고 있었다.

 "허억! 허억! 허억!"

수십 초가 지나서야 이변은 끝났다.

채빈은 놀란 숨을 헐떡이며 뒷걸음질을 치다 오두막을 아예 빠져나왔다.

막 오두막을 나섰을 때였다.

불현듯 문간 위의 문패로 눈이 갔다. 문패를 본 채빈은 소스라치게 놀랄 수밖에 없었다.

마왕성(비활성화)

도대체 이게 무슨 조화란 말인가.

조금 전까지만 해도 분명히 모르는 문자였다. 그런데 지금은 너무도 간단히 글자를 읽을 수 있게 된 것이다.

채빈은 놀란 눈을 몇 번이고 비빈 다음 다시 문패를 확인했다. 그러나 결과는 똑같았다. 문패에 새겨진 문자는 변함없이 마왕성이었다.

채빈은 도로 오두막에 들어갔다. 그리고 자신이 방금 펼쳤던 책을 주워서 표지를 살폈다.

마계 공용어

채빈의 입술 끝이 파르르 떨렸다.

마계 공용어라니! 도대체 이게 어느 나라 누가 만든 언어지? 아니, 그것보다 이 괴이한 장소는 대체 어떻게 생겨먹은 거야?

'어?!'

채빈의 놀란 시선이 책상 위의 악마 동상에 꽂혔다. 조금 전까지만 해도 경황이 없어 알아채지 못했던 장치가 보였다. 동상의 복부 한가운데에 자판기의 동전 투입구처럼 생긴 홈이 나 있었던 것이다.

채빈이 손을 뻗어 동상을 잡았다. 그러나 동상은 꿈쩍도 하지 않았다. 무거워서인지 단단히 고정되어 있어서인지 도저히 들어 올릴 수가 없었다.

채빈은 얼굴을 가까이 들이밀고 동상을 이리저리 살폈다. 그러다가 동상의 등에 볼록 튀어나와 있는 둥그스름한 돌기를 발견했다.

'이건 또 뭐지?'

채빈이 돌기로 손가락을 가져다 댔다. 눌러 보았지만 변화가 없었다. 두 손가락으로 잡고 돌려 보니 다소 빡빡한 느낌으로 돌아갔다.

드르르륵!

"으헉!"

갑자기 동상이 팔짱 꿘 손을 풀고 양옆으로 치켜들었다. 그러더니 고개를 쳐들고 입까지 벌렸다. 그 입안에서 눈부신 빛의 덩어리가 두루뭉술하게 뿜어져 나오고 있었다.

"우왁!"

경악한 채빈의 앞에서 빛의 덩어리는 계속 부풀어 올랐다. 이윽고 한껏 부푼 덩어리는 동상의 머리 위 허공에 큼지막한 말풍선을 만들어냈다.

말풍선 안으로 글자들이 빼곡하게 들어차고 있었다. 채빈은 이 많은 글자들을 모국어처럼 또박또박 읽을 수 있었다. 조금 전에 얼떨결에 배운 언어, 마계 공용어였으므로.

〈마왕성의 게시판〉

1. 개발 상태
A. 마왕성(비활성화)
—설명:마왕의 거처.
—기능:마왕성에서 수면할 경우 체력 회복력이 5% 상승한다.

2. 개발가능 목록
A. 마왕성(비활성화→Lu.1)
—설명:마왕성이 Lu.1의 튼튼한 오두막으로 개발된다.
—소요시간:3분

―요구 조건:없음

  채빈은 위아래로 눈을 굴리며 장문의 글을 읽고 또 읽었다. 한동안을 그렇게 주위의 상황과 견주어 읽어보니 내용이 차츰 이해되는 듯도 했다.

  '게임인가.'

  읽다 보니 가장 먼저 든 생각이 그거였다. 마치 누군가가 만들어 놓은 게임 속에 자신이 하나의 캐릭터가 되어 던져진 기분이 들었다.

  아니면, 고대의 유물일까. 혹은 어떤 과학자들이 비밀리에 행했던 연구의 결과물일지도. 어쩌면 외계인의 문명? 온갖 황당무계한 추측이 채빈의 머릿속에서 뒤엉키고 있었다.

  채빈은 생각에 잠겼다. 자신이 알게 된 사항들을 하나씩 정리해 볼 필요가 있었다.

  우선 이 모든 글자들은 조금 전 책을 통해 배운 마계 공용어라는 언어가 분명했다. 그리고 이 원형의 공간 중앙에 놓인 오두막이 바로 마왕성. 성처럼 생긴 구석이라곤 티끌만치도 없지만.

  채빈은 동상의 입이 뿜어낸 말풍선, 마왕성의 게시판으로 눈을 올렸다. 개발가능 목록의 마왕성 항목이 두 눈동자에 새겨졌다.

'일단 개발을 해봐야겠지.'

비활성화 상태의 마왕성을 Lv.1로 올려보는 것이다. 요구조건이 없으니 밑져야 본전이다. 그런데 개발을 하려면 어떻게 해야 하지?

고민 끝에 채빈은 개발가능 목록의 마왕성 항목으로 손을 뻗어 보았다.

슈우우욱!

직관적인 예상이 맞았다. 채빈의 손가락이 닿은 순간 마왕성 항목이 환한 빛을 발했다. 게시판 전체가 홀연히 지워지고 내용이 갱신되었다.

〈마왕성의 게시판〉

1. 개발 진행 중
A. 마왕성(비활성화→Lv.1)
—완료까지 남은 시간:3분
—개발 진행 중에는 다른 작업을 할 수 없습니다. 개발을 취소하시려면 접촉하십시오.
—생명체가 존재하면 개발이 완료되지 않으니 완료시점에는 마왕성을 비워주십시오.

채빈의 가슴이 호기심과 두려움으로 요동쳤다. 마왕성이라는 게 뭔지는 모르겠지만 어쨌든 자신의 손길에 따라 Lv.1로 개발을 시작한 것이다.

 이 마왕성이란 게 Lv.1로 개발되면 무슨 변화가 일어날까. 가만히 그 점을 생각하는 사이에 소요시간 3분이 순식간에 지나버렸다.

 '왜 변화가 없지?'

 3분이 모두 지났는데 아무런 변화가 없었다.

 채빈은 멀뚱히 화면을 보다가 납득한 얼굴로 일어섰다. 마왕성에 생명체가 존재하면 개발이 완료되지 않는다고 분명히 설명되어 있지 않나.

 '집으로 돌아갔다가 다시 와보자.'

 거기까지 생각하고 돌아선 순간이었다.

 집으로 돌아가는 길이 떠오르지 않았다.

 만약 돌아가는 길이 없다면 어떻게 할 것인가.

 채빈은 창백한 안색으로 온 길을 되밟았다. 서둘러 붉은 철문을 통과해 처음 도착했던 1평의 좁은 공간으로 들어갔다.

 '혹시 이게 출구?'

 좁은 공간의 바닥에 새겨진 원형 문양이 꺼지지 않는 빛을 아지랑이처럼 피워 올리고 있었다. 어쩌면 이것이 집 지하의 창고로 연결되는 마법의 통로일지도 모른다. 여느 때였다면 가당찮은 망상이라고 치부했겠지만 지금은 상황이 다르다.

채빈은 문양 속으로 발을 넣었다.

슈우우욱!

"역시!"

숏구치는 빛을 보면서 채빈이 탄성을 내질렀다. 그리고 탄성을 채 거두기도 전에 집 지하의 창고로 되돌아올 수 있었다.

'좋아, 이젠 두려울 거 없어.'

초조함이 사라지고 기분이 들떴다. 집으로 돌아올 수 있는 통로는 확보된 셈이었으니까. 채빈은 다시 선반 밑으로 들어가 황색 돌을 잡았다.

슈우우욱!

붉은 문이 가로놓인 좁은 공간으로 풍경이 바뀌었다. 채빈은 처음과 달리 망설임없이 문을 열고 안으로 들어섰다.

"우와!"

채빈의 두 눈이 경이로움으로 뒤흔들렸다.

30평 정도였던 공간이 두 배 이상 확장되어 있었다. 채빈이 개발시킨 마왕성 또한 전혀 다른 모습으로 탈바꿈한 상태였다.

아까까지의 다 쓰러져 가는 잿빛 오두막은 거기 없었다. 매끈한 구릿빛 벽돌로 외벽이 마감된 튼튼한 오두막이 떡하니

버티고 서 있는 게 아닌가.

바로 이것이 Lv.1의 마왕성!

여전히 성다운 면모까지는 아니었지만 그래도 아까에 비해 훨씬 봐줄 만했다. 채빈은 오두막 앞으로 다가가 문간을 올려다보았다.

마왕성(Lu.1)

튼튼한 오두막이 된 마왕성의 문패에는 그렇게 적혀 있었다. 채빈은 문을 열고 안으로 들어가 보았다.

"안도 많이 변했네."

볏짚 이부자리는 사라지고 자줏빛 모포와 베개가 놓인 작은 침상이 자리를 차지하고 있었다. 낡은 책상과 그 위에 놓인 악마 동상만은 여전히 그대로였다.

'다른 기능이 뭐라도 생겼을까.'

비활성화 때와는 달리 이제 Lv.1의 마왕성이다.

채빈은 두근거리는 가슴을 안고 동상의 돌기를 돌렸다. 동상이 입을 벌리고 말풍선을 뿜어냈다. 동상의 머리 위로 마왕성의 게시판이 만들어졌다.

〈마왕성의 게시판〉

1. 개발 상태

A. 마왕성(Lu.1)

―설명:마왕의 거처.

―기능:마왕성에서 수면할 경우 체력 회복력이 10% 상승한다.

2. 개발가능 목록

A. 마왕성(Lu.1→Lu.2)

―설명:마왕성이 Lu.2의 안락한 오두막으로 개발된다.

―소요시간:9분

―요구 조건:280코인

B. 던전 관리소(비활성화→Lu.1)

―설명:던전 관리소를 개발하여 각종 던전을 출입 및 관리할 수 있게 된다.

―소요시간:1분

―요구 조건:없음

채빈은 꼼꼼하게 변경된 내용을 확인했다.

우선 마왕성의 효과가 상승했음을 알 수 있었다. 1시간 수면에 5%였던 체력 회복력이 10%로 올라가 있었다.

하지만 그 점은 지금 채빈의 관심을 끌지 못했다.

채빈은 마왕성을 Lv.2로 개발하기 위한 요구 조건을 뚫어져라 바라보고 있었다.

'280코인이라니, 뭐지?'

처음에는 없던 조건이었다.

코인이라면 동전을 뜻하는 것일까. 그리고 그 동전이라는 걸 어떻게 사용하라는 얘기일까. 고개를 갸웃거리며 생각하던 채빈은 무심코 책상의 동상을 보고 숨을 훅, 들이마셨다.

'저거구나!'

동상의 복부에 달려 있는 동전 투입구의 역할이 머리를 치고 올라왔다. 분명히 이거라는 확신이 들었다. 280코인을 동상의 동전 투입구에 넣으면 마왕성을 Lv.2로 개발할 수 있게 되는 것이다.

궁리 끝에 채빈은 자기 주머니의 동전을 꺼냈다. 한국은행에서 발행한 500원짜리 동전이었다. 가진 것 중 가장 코인에 들어맞는 게 이거였다.

채빈은 반신반의한 기분으로 동상의 동전 투입구에 500원을 넣었다. 어쩌면 될지도 모른다. 280코인이라고 했으니 오히려 220원을 거스름돈으로 뱉어줄지도 모르는 일이고.

하지만 그것은 크나큰 착각이었다.

"크르르르릉!"

"우와악!"

채빈이 비명을 내지르며 뒤로 나자빠졌다. 500원을 삼킨 동상이 얼굴을 일그러뜨리며 우레와 같은 소리로 포효하고 있었다.

"퉤엣!"

동상이 배를 한껏 튕기더니 채빈이 먹인 500원 동전을 가래침 뱉듯 매몰차게 뱉어냈다. 그리고 천천히 본래의 모습으로 되돌아가 죽은 듯이 잠잠해졌다.

"깜짝이야……!"

설마 동상이 벌컥 화를 내리라곤 상상도 못했다.

10원 짜리를 넣었으면 나를 죽였을까? 채빈은 몸서리를 치며 놀란 가슴을 쓸어내렸다.

어쨌든 이것으로 또 한 가지는 분명히 배웠다. 한국은행에서 발행한 동전은 좋아하지 않는다. 그렇다면 설마 외국 돈을 원하나? 달러? 엔?

떠오르는 묘안이 없었다.

채빈은 우선 할 수 있는 것부터 해보기로 했다.

아직도 모든 길이 막힌 게 아니었다. 던전 관리소라는 시설이 개발항목에 새롭게 등장한 참이니까.

'던전 관리소라……!'

던전 관리소를 Lv.1로 개발시키는 데엔 요구 조건이 없었다. 채빈은 긍정적으로 생각하기로 했다. 이것저것 질러 보면 뭐라도 나오겠지. 어쩌면 이 던전 관리소라는 시설을 통해 코인을 구할 방법을 찾을 수 있을지도 모르는 일이고.

채빈이 던전 관리소 항목으로 손을 뻗었다. 접촉되면서 화면이 갱신되었다.

〈마왕성의 게시판〉

1. 개발 진행 중
A. 던전 관리소 (비활성화→Lu.1)
—완료까지 남은 시간:1분
—개발 진행 중에는 다른 작업을 할 수 없습니다. 개발을 취소하시려면 접촉하십시오.
—생명체가 존재하면 개발이 완료되지 않으니 완료시점에는 마왕성을 비워주십시오.

내용을 확인한 채빈은 일어섰다. 개발을 완료시키려면 일단 자리를 비워줘야 한다는 걸 이제는 체득했으니까.

채빈은 집의 지하 창고로 귀환했다. 가만히 시간이 지나길 기다리고 있으려니 열린 문이 신경이 쓰였다. 혹시 지나가는 누군가가 보기라도 한다면······.

'안 돼!'

이런 엄청난 비밀을 남이 알게 할 수는 없었다.

채빈은 1층으로 올라와 주위를 살폈다. 가까운 주위엔 아무도 없었다. 저 멀리 상가 앞에서 붕어빵을 파는 여자만 흐릿하게 보일 뿐이었다. 그마저도 장사를 끝내고 포장을 내리는 중이었다.

채빈은 창고로 내려와 문을 확실히 닫았다. 그런 다음 황색 돌을 이용해 마왕성으로 이동했다.

"이야아!"

붉은 철문을 열자 풍경은 또 한 번 판이하게 달라져 있었다. 마왕성 오두막의 2시 방향에 원기둥 형태의 백색 구조물이 생겨나 시야를 자극하고 있었다. 저것이 새로 만들어진 던전 관리소?

'저건가?'

채빈은 쪼르르 백색 구조물 앞으로 달려갔다. 구조물의 문 위에 마왕성과 마찬가지로 문패가 달려 있었다.

던전 관리소 (Lu. 1)

채빈이 문을 열고 안으로 들어갔다.

던전 관리소는 협소한 편이었다. 원형 공간 가운데에는

폭 2m 가량의 정사각형 탁자가 놓여 있었다. 탁자 옆 바닥에는 의미를 알 수 없는 무늬의 문양이 그려져 있었다.

채빈은 가까이 다가가 탁자를 들여다보았다. 탁자 위를 가득히 채우고 있는 건 지도였다. 지도는 3개의 둥그스름한 대륙을 품고 있었다. 왼쪽의 대륙은 은은한 빛을 흩뿌리는 푸른색, 나머지 두 대륙은 새카맸다.

'이것도 접촉해야 반응하는 건가?'

채빈이 지도 위로 손을 뻗어 대륙을 건드려 보았다. 새카만 두 대륙은 반응이 없었다. 그러나 마지막으로 건드린 좌측의 푸른 대륙은 즉각 빛을 내며 반응을 보였다.

채빈의 눈앞 허공으로 말풍선이 떠오르고 있었다.

〈로쿨룸 대륙〉
―상태:활성화
―총 던전 수:12개
―진입가능 던전 수:1개
―공략한 던전 수:0개
―확대해서 보려면 접촉하십시오.

채빈이 손을 뻗었다. 대륙이 탁자 위의 전역을 가득 채울 정도로 크게 확대되었다.

'이게 뭐지?'

확대된 대륙의 곳곳에 엄지손톱 크기의 원형 지점이 새겨져 있었다. 지점은 총 12개였다. 남쪽 끄트머리의 딱 하나만 제외하고는 전부 검은색이었다. 아마도 던전을 암시하는 거겠지 하고, 채빈은 생각했다.

'이것만 빛이 나오고 있네.'

남쪽 끄트머리의 지점 하나만 홀로 푸르스름한 빛을 뿜고 있었다. 채빈은 조금 전 읽었던 대륙 설명을 상기시켰다. 설명대로라면 이것이 현재 진입 가능한 유일한 던전일 것이다.

'던전이라니, 이거 진짜 완전 게임이잖아.'

계속되는 이변에 채빈은 호기심을 넘어 슬슬 어이가 없었다. 그러면서도 손가락은 빛이 나오는 지점을 향하고 있었다. 손가락이 닿자 해당 지점에서 빛줄기가 솟구치며 말풍선을 만들어냈다.

〈독트로스 광산〉
—지역:광산
—유형:무한 던전
—진입 조건:160시간 간격으로 재진입 가능
—난이도:☆
—획득가능 보상:에릴코인, 젤마코인, 금, 1서클 마나의 정

수, 1서클 마법서적 전반, 장비 레시피
　―몬스터 정보:없음
　―추가 정보:없음
　―공략횟수:없음
　―진입하려면 접촉하여 마법진을 활성화하십시오.

　설명 자체는 길지 않았다. 채빈은 지금까지 보아온 그 어떤 설명보다도 이 짧은 던전 안내를 몇 번이고 반복해 읽었다. 그리고 딜레마에 빠졌다.
　'미치겠네!'
　지금 겪고 있는 모든 과정이 게임 같다는 건 여실히 느끼고 있었다. 쓰레받기를 가지러 들어간 지하 창고를 통해 이곳에 오게 된 이후 겪은 모든 일들이 황당하기 짝이 없었다.
　그렇다면 이 던전도 자신이 알고 있는 상식을 벗어나지 않는 그런 던전일 수도 있는 것이다. 기괴한 몬스터들이 나오고, 빙하와 용암이 난무하고, 각종 함정이 발동해 목숨을 위협하는 그런 위험천만한 장소일 수도 있는 것이다. 과연, 들어가도 될까?
　'아니야, 몬스터는 없을 거야.'
　채빈이 스스로를 납득시키듯 고개를 저었다. 몬스터 정보 항목엔 분명히 '없음'이라고 명시가 되어 있었다.

'슬쩍 구경만 해보고 바로 나오면 돼!'

두려움보다는 호기심이 강했다. 기왕 시작한 신비로운 체험을 여기서 멈추고 싶지 않았다. 던전 너머에서부터 미지의 존재가 자신을 잡아끄는 듯한 느낌도 들었다.

획득가능 보상 항목도 채빈의 호기심을 자극했다.

에릴코인과 젤마코인이라는 건 분명 마왕성의 동상에 넣을 수 있는 코인을 가리키는 듯했다. 근거는 없었지만 그러한 확신이 등을 떠밀고 있었다.

채빈은 용기를 내기 위해 여러모로 스스로를 이해시켰다. 들어갔다가 위험한 낌새가 느껴지면 바로 돌아 나오면 될 일이잖아? 난이도도 고작 별 하나고 말이야. 이건 우스운 거야.

'그래도 최소한의 준비는 해야겠지.'

언제나 만약이라는 게 있는 법. 아무리 몬스터 정보가 없음이라고 해도 빈손으로는 안심할 수가 없었다.

채빈은 지하 창고로 돌아왔다. 뭔가 무기로 삼을 만한 게 없을까 하고 먼지 쌓인 선반을 뒤졌다. 거미줄에 뒤엉킨 알루미늄 야구 방망이를 하나 발견할 수 있었다.

'쓸 만하겠는데.'

채빈은 야구 방망이를 들고 몇 번 스윙을 해본 다음 다시 마왕성으로 돌아갔다. 던전 관리소로 들어가니 띄워 놓은 말풍선이 그대로 허공에 머물러 있는 참이었다.

채빈이 손을 뻗어 말풍선과 접촉했다.

탁자 옆 바닥에 새겨져 있던 원형 마법진이 눈부신 빛을 뿌리기 시작했다. 설명에 나온 대로 던전의 입구로서 활성화가 된 것이다.

'들어가면 되는 거겠지.'

두 손 가득히 야구 방망이를 쥐고서, 채빈은 마법진 속으로 발을 들이밀었다.

슈우우욱!

순식간에 풍경이 뒤바뀌었다.

잿빛 암벽으로 구성된 폭이 넓은 동굴이었다. 벽 곳곳에 박힌 이름 모를 광석이 푸른빛을 흩뿌리며 내부를 은은히 밝혀주고 있었다.

채빈은 가장 먼저 출구를 기대하고 뒤부터 돌아보았다. 그리고 그대로 얼어붙었다. 기대했던 출구는 없고 막다른 암벽이 떡하니 놓여 있었다.

나갈 길이 없었다.

출구를 확보하지 못했음을 깨닫자 온몸이 바들바들 떨려왔다. 덩달아 손에 쥔 방망이도 떨리면서 바닥을 딱딱 때려댔다. 어째서 이렇게 바보 같은 생각을 했지. 왜 당연히 출구가 있을 거라고 여기고 있었던 거지.

'이, 일단 가보자.'

채빈이 야구 방망이를 치켜들고 허리를 폈다.

가다 보면 출구가 나올 것이다. 설명에 분명히 몬스터는 없다고 되어 있었다. 괜히 지레 겁을 먹을 건 없다고 스스로를 애써 독려했다.

저벅저벅.

적막한 동굴 내부에 채빈의 발소리만 메아리처럼 울렸다. 백여 걸음을 걸었을까. 도통 풍경이 변하지 않아 초조해지고 있는데, 측면의 암벽 한곳으로 채빈의 시선이 쏠렸다.

'뭐지?'

다른 부분과는 다르게 보고 있는 부분의 암벽만 진흙을 엉겨 붙인 듯 이질적인 느낌이 들었다.

채빈은 들고 있던 야구 방망이의 끝머리로 그 부분을 쿡쿡 찔러 보았다. 찌른 부분이 푹 꺼지면서 주먹 크기의 구멍이 생겨났다. 방망이를 거두고 구멍 속을 살피자 두 닢의 구릿빛 동전이 보였다.

'이거 혹시?!'

채빈이 동전을 들고 조명이 밝은 쪽으로 가 자세히 살폈다. 동전에는 에릴이라는 글귀와 함께 뒷면에 숫자 1이 새겨져 있었다. 또 하나의 동전에 새겨진 글귀는 젤마였다. 뒤집어보니 뒷면의 숫자는 3이었다.

'이거다! 마왕성을 개발하기 위해 필요한 280코인이란 게

말하는 그 동전!'

채빈의 움직임이 빨라졌다. 두 눈을 부라리며 동굴 벽들을 샅샅이 살피기 시작했다.

'또 있다!'

동전이 숨겨진 흔적은 한두 군데가 아니었다. 보이는 족족 방망이로 구멍을 내고 그 안에 놓인 코인을 수집했다. 더러는 아무것도 없어 허탕을 치기도 했지만 대부분의 구멍에서 최소한 한 닢 이상의 코인이 나오고 있었다.

얼마나 그렇게 정신없이 코인을 모으며 걸었을까.

동굴이 폭이 3배 이상으로 넓어지면서 새로운 장치가 채빈의 눈앞에 나타났다.

그것은 철로 된 작은 직사각형의 광차였다. 광차가 놓인 위치에서부터 시작된 선로가 어둠 너머로 길게 뻗어 있었다.

'타야겠지?'

채빈이 광차 위에 올라탔다. 펌프의 손잡이처럼 생긴 쇠막대를 잡고 밑으로 누르자 광차가 슬그머니 앞으로 나아갔다. 다시 위로 올리자 한층 속도에 탄력이 붙었다.

'간단하네.'

채빈은 두 손으로 손잡이를 잡고 위아래로 움직이며 광차를 달리기 시작했다.

광차는 힘껏 자전거를 탈 때와 비슷한 속도로 달렸다. 시원한 바람이 불어왔다. 달아올라 있던 채빈의 몸이 기분 좋게 식어가고 있었다.

"쿠웅! 쿵! 끼이익!"

"이크!"

채빈이 덜컹거리는 광차 위에서 속도를 급히 줄였다. 선로가 일직선이 아니었다. 경사는 없었지만 물줄기처럼 이리저리 굽어나가면서 방향을 틀고 있었다. 동굴의 폭도 좁아졌다 넓어지기를 반복하고 있었다.

그러던 어느 순간이었다.

"크오오오오오!"

난데없이 고막이 터질 듯한 괴성이 등 뒤로 울렸다. 뒤를 돌아보자마자 채빈은 백짓장처럼 얼굴이 새하얘졌다.

"으아아~ 악!"

분명히 몬스터는 없다고 했었다.

그렇다면 지금 눈앞의 저것들은 뭐란 말인가. 좀비처럼 생긴 넝마주이의 괴물들이 썩은 팔다리를 휘저으며 쫓아오고 있었다.

"헉헉!"

채빈은 미친 듯이 손잡이를 위아래로 당겨 광차를 내달렸다. 쫓아오는 괴물이 한둘이 아니었다. 언뜻 보니 최소한 스물은 넘을 것 같았다.

"오지 마! 가!"

채빈의 말을 듣는 괴물은 하나도 없었다. 괴물들의 속도는 굉장히 빨랐다. 젖 먹던 힘까지 다해 광차를 달렸지만 간격은 빠르게 좁아지고만 있었다. 우적거리며 뻗어대는 그들의 손끝이 채빈의 목덜미에 닿기 직전이었다.

"으아악! 잘못했어! 그냥 갈게! 오지 마!"

채빈은 씨알도 먹히지 않는 애원을 연거푸 외치며 쉬지 않고 손잡이를 뒤흔들었다. 무서워서 정신이 나갈 것만 같았다. 선로가 어느덧 끝나고 있다는 사실조차 알아차리지 못하고 있었다.

쾅!

힘껏 달려오던 광차가 선로 끝에 걸려 멈췄다.

채빈의 몸뚱이가 반동으로 광차에서 튕겨나갔다. 포물선을 그리며 하늘을 난 끝에 차디찬 바닥에 곤두박질쳤다.

"끄으으윽!"

머리부터 떨어지지 않아서 천만다행이었다.

채빈은 지끈거리는 엉덩이를 감싸고 이를 악물며 일어섰다. 코앞까지 달려든 괴물들이 진한 포옹 세례를 퍼부었다.

"하, 핥지 마! 그러지 마! 아아악!"

괴물들이 엉겨 붙어 채빈의 온몸을 쩝쩝거리며 핥아댔다. 족히 30년은 씻지 않은 자만이 낼 법한 악취가 채빈의 후각을 마비시키고 있었다.

"핥지 마! 핥지 말라고!"

절체절명의 순간 앞에서 채빈은 두려움을 잊고 주먹을 치켜들었다. 태어난 이래 최대의 전투본능이 가슴 깊은 곳에서부터 불타올랐다. 살아야 한다. 어떻게든 살아서 집으로 돌아가야 한다.

"꺼지라고, 이 좀비 새끼들아!"

채빈이 소리치며 자기 목덜미를 핥고 있는 눈앞의 괴물을 향해 주먹을 내질렀다.

빠아악!

"케에에엑!"

괴물이 누런 타액과 비명을 동시에 뿜었다.

채빈은 자신의 힘이 그다지 세지 않다는 걸 누구보다도 잘 알고 있었다. 그런 자신의 주먹 고작 한 방에 괴물의 목이 등 뒤로 돌아가고 있었다.

"꺼지라고 했잖아!"

퍼억!

채빈은 목이 덜렁거리는 괴물의 얼굴을 다시 한 번 후려쳤다. 이번에는 아예 목덜미가 분리되면서 괴물이 머리통만 허공으로 솟구쳤다.

"쿠오오오오!"

"케에에에에!"

동료의 죽음을 본 괴물들이 갓 태어난 돼지새끼마냥 괴성을 질러댔다. 채빈은 그들 사이의 빈틈으로 몸을 내던져 일단 포위망을 벗어났다.

"경고했지! 다 꺼지라고!"

채빈은 광차에 놓아두었던 야구 방망이를 집어 들고 제대로 싸울 태세를 갖췄다. 괴물들에겐 의사소통의 의지가 전혀 없어 보였다. 죽이 되든 밥이 되든 전부 때려죽일 수밖에.

"으아아아아!"

채빈이 머리 위 높이 방망이를 치켜들고 괴물들과 맞섰다. 죽기 아니면 살기였다. 눈에 불을 켜고 목젖이 들여다보이도록 기합을 내지르며 방망이를 마구 휘둘러댔다.

빠아악! 빠캉! 빠바박! 퍼어억!

"께에에에엑!"

살이 뜯기고 뼈가 부서졌다. 살점과 비명이 사방으로 튀었다. 누런 타액과 검붉은 핏물이 채빈을 질펀하게 적셨다.

"죽어! 죽어! 죽어!"

목이 쉬는 것도 몰랐다. 채빈은 쉬지 않고 사방으로 방망이를 휘둘렀다. 괴물들은 하나씩 하나씩 채빈의 방망이에 얻어맞고 쓰러져 갔다.

빠아악!

"꿰에에엑!"

드디어 마지막 한 마리의 괴물이 방망이에 허리를 맞고 기역자로 꺾인 채 고꾸라졌다.

"죽어! 다 죽여버릴 거야!"

더 이상 덤벼드는 적은 없었다. 그런데도 채빈은 정신을 못 차리고 텅 빈 허공을 여기저기 방망이로 가르고 있었다. 다리가 꼬여 넘어진 뒤에야 적을 모두 해치웠다는 걸 깨닫고 방망이를 손에서 떨어뜨렸다.

"허억! 헉! 헉!"

채빈이 무릎을 꿇고 명치까지 차오른 숨을 몰아쉬었다. 괴물들이 약해서 다행이었다. 이빨이 없어서 다행이었다. 깨물어대는 것도 아니고 그저 더럽게 핥아대기만 해서 참으로 다행이었다. 만약 놈들이 깨물어댔다면 자신은 이미 뼈없는 닭갈비, 신다 벗은 스타킹처럼 되었을 것이다.

"빌어먹을!"

스스로를 꾸짖는 외침이었다. 바보처럼 던전 안내에 완전히 속았다. 던전 안내의 '없음'은 몬스터가 없다는 의미가 아니었다. 몬스터에 대한 정보 부족의 의미로 받아들였어야 옳았다.

"우, 우웨엑!"

온몸을 적신 타액과 핏물 때문에 구역질이 났다. 채빈은 울리는 목을 움켜쥐고 일어서서 주위를 살폈다.

막다른 길목이었다. 길목 가운데에 출구로 보이는 철문이 하나 박혀 있었다. 한시바삐 이곳을 떠나고 싶었던 채빈은 다짜고짜 문고리를 잡아 당겼다.

"씨발!"

잠겨 있는 문은 아무리 돌려도 열리지 않았다.

문고리 위에 열쇠 구멍이 보였다. 철문을 열려면 열쇠가 필요하다는 사실을 채빈에게 알려주고 있었다.

'어디 가서 구해야 하지?!'

설마 지금까지 온 길을 되밟아야 한단 말인가? 또 이런 괴물들과 마주치면 어쩌라고? 채빈은 눈앞이 까마득해지는 것을 느끼며 비틀비틀 돌아섰다.

바로 그때였다.

쓰러져 있는 괴물들의 시체가 채빈의 시야 가득히 들어왔다. 시체의 넝마 사이사이에서 반짝이고 있는 무엇인가를 채빈은 처음으로 볼 수 있었다.

채빈은 이끌리듯 그리로 가 몸을 굽혔다. 반짝이는 것을 눈앞에 들고 보니 코인이었다. 암벽의 구멍에서 획득한 것들과 같은 종류였다.

'혹시?'

던전의 몬스터를 처치했으면 전리품을 챙겨야 하는 것이

정석 아닌가. 코인만 갖고 있는 게 아닐 것이다. 채빈은 일말의 기대를 품고 다른 괴물들의 시체를 뒤지기 시작했다.

"찾았다!"

10구쯤의 시체를 수색했을 때 기대를 배신하지 않고 열쇠가 나왔다. 출구 열쇠는 괴물들이 가지고 있었던 것이다.

철컥!

채빈은 서둘러 열쇠 구멍에 열쇠를 꽂고 돌렸다. 둔탁한 금속음과 함께 잠금장치가 해제되었다.

열린 철문으로 들어가자 좁은 공간이 나왔다. 공간 가운데에 출구인 원형 마법진이 빛을 뿌리며 활성화되어 있었다. 마법진 옆에는 너비 50㎝ 정도의 작은 갈색 나무상자가 놓여 있었다.

'보상이다!'

던전을 돌파한 자에게 주어지는 보상이리라.

마왕성에서부터 이곳 던전까지, 도대체 누가 이런 것들을 만들어놨는지는 적어도 이 순간에는 중요하지 않았다. 중요한 건 오직 상자 속에 들어 있을 보상이었다. 채빈은 흥분의 콧김을 픽픽 뿜으며 상자를 힘껏 열었다.

"이, 이건?!"

휘황찬란한 빛깔의 보상에 채빈은 찢어지도록 입을 벌리고 말았다. 한눈에 봐도 묵직하기 짝이 없는 금덩이가 떡하니

들어 있는 것이 아닌가!

금의 단위에 대해서는 제대로 아는 바가 없었다. 하지만 손아귀에 느껴지는 무게는 결코 적은 값어치가 아님을 똑똑히 말해주고 있었다.

채빈은 금덩이를 바지 주머니에 쑤셔 넣고 다시 상자로 시선을 떨어뜨렸다. 보상은 금덩이만 있는 게 아니었다. 작은 유리병, 그리고 낡은 양피지 한 장이 상자 안에 오롯이 놓여 있었다.

채빈은 우선 유리병부터 들고 살펴보았다.

물빛의 액체가 가득 담긴 병의 겉면에는 '1서클 마나의 정수'라는 글귀가 새겨져 있었다.

'뭐가 뭔지 모르겠네.'

글을 읽을 수는 있어도 어디에 쓰는 무슨 물건인지 알 도리가 없었다. 하지만 낡은 양피지를 확인한 직후 고민은 사라졌다. 이 양피지는 해답을 품고 있는 설명서였던 것이다.

〈상자 보상 안내〉

1. 1서클 마나의 정수
—종류:정수
—산지:로쿨룸 대륙

—설명:마시면 1서클의 마법을 다룰 수 있는 **마나**를 얻게 된다.
—요구 조건:없음

2. 금
—종류:광물
—산지:로쿨룸 대륙
—설명:특이사항 없음.
—요구 조건:없음

'마법이라니, 정말 그런 게 가능한가?'

의문을 품은 스스로가 바보 같다고 생각했다. 괴이한 일이라면 벌써 차고도 넘치게 경험했지 않았는가. 마법이라는 황당무계한 힘이 존재한다고 하더라도 그다지 이상할 게 없는 것이다.

채빈이 유리병을 집어 들었다. 설명대로라면 이 마나의 정수라는 걸 마셔줘야 마법이라는 걸 쓸 수 있게 될 테니까. 뻥, 소리와 함께 코르크 마개가 열렸다.

'마셔도 괜찮을까.'

코를 대고 킁킁거려 보니 냄새는 전혀 없었다. 그저 평범한 물처럼 보였다. 최소한 독약은 아닐 거라고 생각하면서 채빈은 무색무취의 액체를 입에 톡 털어 넣었다.

"어?"

마시자마자 심장 부근이 묵직해졌다. 나선 형태로 심장을 휘감는 기운이 또렷하게 느껴졌다. 그 기운은 잠깐 사이에 씻은 듯이 사라졌다.

'이게 끝이야?'

어이가 없을 정도로 과정이 너무 간단했다. 이걸로는 아무런 실감도 나지 않았다. 정말로 내 안에 마법의 힘이 들어온 것인지, 확실히 마법을 구사할 수 있게 됐는지 시험을 해봐야 했다.

그러나…….

'어쩌라고.'

시험할 거리가 없었다.

마법을 쓸 기반은 갖췄지만 정작 사용할 마법은 하나도 배우지 못한 상태였다.

갑자기 맥이 빠졌다. 괜히 입맛만 버린 기분이랄까. 채빈은 멍하니 서 있다가 이 던전에서 더 할 일이 없음을 느끼고 마법진으로 발을 들이밀었다.

슈우우욱!

돌아온 채빈은 던전 관리소를 나와 오두막 마왕성으로 갔다. 그리고 책상 위에 던전에서 획득한 코인을 모조리 늘어놓았다.

'얼마나 될까.'

채빈은 즉석에서 셈을 했다. 모두 세어 보니 1짜리 에릴코인이 39개, 3짜리 젤마코인이 8개, 그렇게 총합 63코인이었다.

'너무 모자라잖아!'

마왕성을 Lv.2로 만드는데 필요한 액수는 280코인. 당연히 한참 못 미치는 액수였다. 채빈은 어림잡아 평균을 내보았다. 280코인을 만들려면 앞으로도 최소한 4번 이상 던전에 들어가야 한다는 계산이 나왔다.

'재진입 조건이 몇 시간이었더라.'

분명히 주기가 있었다. 들어가고 싶다고 아무 때나 들어갈 수 있는 던전이 아니었다.

채빈은 부랴부랴 던전 관리소로 돌아가 진입 조건을 재확인했다. 160시간 간격으로 재진입이 가능하다는 글귀가 동공에 선명히 박혔다.

'160시간이라······.'

약 1주일 정도의 시간이었다. 즉, 한 달은 족히 투자해야 마왕성을 Lv.2로 개발할 수 있다는 소리였다.

당장 할 수 있는 일이 없다는 점을 깨달으면서 몸의 긴장이 풀리고 힘이 빠졌다. 조금 쉬고 싶어졌다. 짧은 사이에 너무 많은 일을 겪었다.

솔직히 지금도 온건히 제정신은 아니었다, 끔찍한 괴물들의 모습이 아직도 눈앞을 아른거리고 있었으니. 채빈은 털레털레 마왕성을 빠져나와 지하의 창고로 돌아왔다.

'방으로 올라가기 전에 할 일이 있지.'

채빈은 선반에 남아 있던 합판을 잘라 벽의 틈을 막았다. 그런 다음 선반 위의 긴 모포를 밑으로 늘어뜨려 벽을 가렸다. 다른 이에게 들키지 않도록 임시로 조치한 위장이었다. 영 어설펐지만 그래도 마음은 훨씬 편해졌다.

방으로 돌아온 채빈은 미지근한 물로 샤워를 한 뒤 이부자리를 대충 펴고 드러누웠다. 세상이 다 내 것만 같은 편안함이 밀려왔다.

'이걸 어디 가서 처분하지?'

채빈은 이불 속으로 얼굴을 들이밀고서 보상으로 나온 금덩이의 처분을 고민했다. 훔친 것도 아니고 주운 거다. 다소 미심쩍은 시선이야 감수해야겠지만, 어디서든 사줄 사람이 하나쯤은 있을 것이다.

채빈은 노트를 꺼내놓고 오늘 하루 있었던 일들을 일기 쓰듯이 기록했다. 일기를 잘 쓰던 편도 아니었고 피곤하기도 했지만 오늘만큼은 반드시 쓰고 싶었다. 아니, 쓸 수밖에 없는 날이었다.

'판타지네, 판타지.'

스스로 쓰면서도 놀라운 일들뿐이었다. 일기를 썼을 뿐인데 판타지 소설이 되어가고 있을 정도였으니까. 아버지나 어머니가 살아 있어서 이 일기를 봤다면 가까운 정신병원에 전화했을 것이다.

채빈은 앞으로의 일을 쉽게 생각하기로 했다.

특별히 일상이 변하는 건 없을 것이다. 평소에는 주유소에서 아르바이트를 하면서 시간을 보낸다. 그리고 던전의 재진입 주기가 끝나는 일주일마다 던전에 들어가면 된다.

좀비들과 싸워야 할 일이 마음에 걸리기는 했다. 하지만 그것은 끔찍한 일이지 두려운 일은 아니었다. 방망이 하나로 다 때려눕힐 수 있을 만큼 약한 녀석들뿐이니까.

게다가 던전 끝에 기다리고 있을 보상을 생각하면… 정말이지, 이런 금덩이만 쑥쑥 나와준다면 그 정도 고난쯤이야 기꺼이 감수하는 게 미덕 아니겠는가.

사실 채빈은 자각하지 못하고 있었다.

지금까지 살아온 그 어느 때보다 용기백배의 상태라는 사실을. 마왕성이 지니고 있는 신비로움은 더없는 용기로 변해 채빈을 지탱하고 있었다.

채빈은 베개를 고쳐 베고 돌아누웠다. 그리고 부모님이 살아 계셨던 어린 시절을 떠올렸다.

어렸을 때의 채빈은 다락방을 무척 좋아했었다. 자질구레한 보물들을 다 가져다 놓고 기지로 삼았었다. 그 안에서 간식을 먹고, 낮잠을 자고, 가끔 부모님께 꾸중을 듣고 난 뒤에는 틀어박혀 울기도 했다.

삶이 고되고 외로울 때마다 채빈은 유년의 다락방을 그리워하곤 했었다. 숙자의 강짜에 무너져 눈물을 삼킬 때면 절로 다락방을 떠올리며 슬픈 추억에 젖곤 했었다.

하지만 지금 채빈은 웃고 있었다.

자신만의 다락방을 찾아냈다는 설렘과 기쁨으로.

채빈은 자신의 생각이 잘못되었음을 인정해야만 했다. 불가능한 일은 절대로 일어나지 않는 법이라고? 천만에. 과거의 자신을 비웃고 있노라니 그게 기분이 좋아 채빈은 더욱 크게 웃었다.

서울의 첫날밤은 고요하고도 편안히 지나갔다.

채빈은 시끄러운 알람에 맞춰 일어나 대충 아침을 차려 먹고 집을 나섰다. 오늘은 주유소에 첫 출근을 하는 날이었다.

"어서 오세요! 얼마 넣어드릴까요?"

고향에 비해 차들이 많아서 바쁜 것뿐, 특별히 배울 점은 없어서 편했다. 일하는 사람들도 대체적으로 수더분한 인상에 성격까지 무던해 채빈의 마음을 편하게 했다.

"이 친구 일 한 번 잘하네. 자네 아예 직원으로 들어올 생각 없어?"

사장이 농담 반 진담 반으로 말했다. 채빈은 모자를 고쳐 쓰며 그저 웃기만 했다.

퇴근 시간.

채빈은 집으로 가는 길과 반대쪽으로 발길을 꺾었다. 주머니 속에는 처분하려고 가지고 나온 금덩이가 들어 있었다.

'어떻게 금은방만 없냐.'

개똥도 약에 쓰려면 없다더니 딱 그 짝이었다.

대형마트까지 품고 있는 제법 번화한 사거리였다. 어딜 보아도 다른 건 다 있는데 오직 금은방만이 보이지 않았다.

'좀 나가볼까.'

버스노선을 보려고 정류장 앞에 섰을 때였다.

채빈의 눈길이 건물 쪽으로 향했다. 정류장 뒤의 폭이 좁은 골목 안쪽에 작은 입간판이 놓여 있었다.

금 고가매입.

아무도 드나들지 않는 허름한 골목. 한없이 낡고 닳은 데다 칠까지 벗겨진 초라한 입간판. 영업을 하는지 안 하는지도 알 수 없었다.

'확인이나 해보지 뭐.'

채빈은 좁은 골목 안으로 몸을 쑥 들이밀었다.

가게 앞에 가 보니 다행히 영업은 하고 있었다. 골목 밖에서는 발돋움을 하고 기웃거려도 보이지 않았던 가게 내부가 훤히 보였다.

먼지 쌓인 백열등 밑에서 왜소한 백발노인이 회중시계를 수리하는 중이었다. 유리로 된 매대 안에는 초라한 가게와 달리 화려한 장신구 및 시계들이 진열되어 있었다.

채빈이 살며시 손잡이를 잡고 문을 밀었다. '딸랑딸랑' 문에 달린 종이 상쾌한 소리를 냈다.

"어서 오슈."

노인이 채빈을 보지도 않고 고개를 숙인 채 마른 목소리로 맞았다. 채빈은 노인의 앞으로 가 진열대를 사이에 두고 말했다.

"금을 좀 팔고 싶은데요."

"18짜리?"

"네? 아, 18K는 아니고요. 일단 순금… 인 것 같은데요."

비로소 노인이 시계를 고치다 말고 고개를 들었다. 움푹 파인 양 뺨을 실룩이며 돋보기안경을 벗더니 이내 손바닥을 내밀었다.

"줘봐."

"아, 네."

채빈이 주섬주섬 금덩이를 꺼내 노인에게 내밀었다. 노인은 그다지 놀란 기색도 없이 큼지막한 금덩이를 내려다보며 물었다.

"이만한 순금이 어디서 났어?"

"주웠어요."

노인의 뚱한 시선이 채빈의 낯 위로 꽂혔다. 시선을 마주한 채로 채빈이 황급히 덧붙였다.

"정말이에요. 주웠어요."

"누가 거짓말했대?"

노인이 그렇게 말하며 채빈의 손에서 순금을 건네받고는 허리를 짚고 일어섰다.

"기다려, 감정해봄세."

"사주실 거예요?"

묻자마자 채빈은 속으로 아차 싶었다. 초짜처럼 괜한 질문을 했다. 다행히 노인은 그저 씩 웃으며 한마디 빈정댔을 뿐이었다.

"영 찜찜한 물건이라서 안 사줄까 봐?"

"정말 주웠다니까요."

"훔쳤어도 일 없어. 난 다 사."

진심인지 거짓인지 구분이 안 가는 말을 하며 노인은 감정을 시작했다. 채빈은 어쩐지 조마조마한 심정이 되어 소파에 몸을 앉혔다.

'100만 원은 되겠지?'

금값에 대한 감각이 거의 없는 채빈이었다. 하지만 손으로 느낀 무게는 충분히 실감하고 있었다.

보통 무거운 금이 아니니까 적어도 100만 원은 될 것이다. 아니, 욕심이 너무 큰가? 그래, 50만 원만 돼도 충분하다. 그것만 해도 엄청난 돈이야. 조립 컴퓨터를 마련할 수 있는 큰돈이라고! 채빈은 엄지손톱을 잘근잘근 깨물고 있었다.

"49.1그램."

노인이 말했다.

채빈이 입에서 손가락을 떼어내고 고개를 들었다.

"그래서, 그거면 저, 얼마나… 나오나요?"

채빈의 목소리가 끝으로 갈수록 졸아들었다.

노인은 잠시 턱 끝을 긁으며 생각에 잠기더니, 고개를 끄덕이며 대답했다.

"290만 원으로 퉁 치세."

채빈이 스프링처럼 엉덩이를 튕기며 일어섰다.

"얼마라고요?"

"왕창 떼먹었을까 봐? 저기, 시세표 확인하든가."

"아니요, 의심한 게 아니라……!"

100만 원만 되어도 뛸 듯이 기뻐할 참이었는데 290만 원이라니! 예상의 3배에 달하는 거액이 아닌가! 채빈은 너무도 기쁘고도 놀라서 말이 나오지가 않았다.

"안 팔 겨?"

"아, 아니요. 팔 거예요! 네, 팔 겁니다."

"기다려."

노인이 진열대 너머 문을 열고 사라졌다. 벽 너머로 금속이 철컹거리는 소리가 이는가 싶더니 노인은 돈 봉투를 들고 되돌아왔다.

"세어봐."

"아니요, 괜찮아요. 맞겠죠."

채빈이 돈 봉투를 받으며 대답했다. 노인이 채빈을 흘겨보며 못마땅하다는 듯 혀를 끌끌 찼다.

"왜… 그러시죠?"

"일 없어. 또 와."

"고맙습니다. 또 올게요."

"그려셔."

노인은 가볍게 고갯짓을 해보이고는 회중시계를 붙잡고 수리를 재개했다. 채빈은 돈 봉투를 안주머니에 넣고 가게를 나섰다.

거금을 지니고 있어서인지 괜스레 걷기가 불안했다. 평소라면 아무 의미도 느끼지 못할 사람들의 시선이 괜스레 의식되었다. 관자놀이와 등골에서는 식은땀까지 흘렀다.

'어엇?'

정류장 벤치에 모로 누워 있던 주정뱅이와 시선이 마주쳤다. 그저 그것뿐인데 채빈은 공포를 느꼈다. 내가 금은방에 들어가는 걸 봤을지도 몰라. 그래서 지금 내 주머니에 290만 원이 있다는 걸 알고 있는 거야. 내 돈을 노리고 있는 거야!

채빈은 재빨리 대로의 인파 속에 섞여들었다. 한참을 가다 문득 돌아보니 주정뱅이는 다른 행인을 상대로 구걸을 하고 있었다. 채빈은 망상을 품었던 제 머리를 때리고 걸음을 재촉했다.

'맙소사, 290만 원이라니!'

이렇게 엄청난 일당을 벌 수 있는 날이 오리라고는 상상도 못했다. 지금까지 살아오면서 가장 많이 벌어본 일당은 10만 원 정도였다. 채빈은 싱글벙글하며 언제나 그래왔듯 저축을 하기 위해 가까운 은행을 찾아갔다.

막상 은행에 도착했을 때였다.

채빈은 문을 잡았다가 다시 놓고 뒤로 물러섰다. 과연 이 돈을 이대로 저금하는 게 옳은 것인가 하는 의문이 들었던 것이다.

'그래, 이건 필요한 데다 쓰자.'

은행엔 아직 60만 원의 잔고가 있었다. 게다가 주유소 월급도 나올 테니 생활비 충당은 어려울 게 없었다. 그러니까 마왕성을 통해서 얻은 이 행운은 보너스라고 생각하기로 했다. 어차피 정상적인 삶에서는 얻지 못했을 돈이기도 하고.

무엇이 가장 필요한지 잠시 생각했다. 그 고민에 대한 답은 길지 않았다. 채빈은 길가로 나가 마침 오고 있는 택시를 향해 신호를 보냈다.

택시가 채빈 앞으로 와 섰다.

"어서 오세요."

"수고하십니다. 혹시 전자제품 전문적으로 파는 매장 아시나요? 컴퓨터 좀 사려고 하는데요."

택시기사가 잠깐만에 대답했다.

"테크예스 마트로 갈까요? 컴퓨터부터 전자기기는 거기에 죄다 모여 있어요. 안 멉니다."

"아, 네. 그리로 가주세요."

택시는 기본요금을 조금 넘겨 목적지에 채빈을 데려다놓았다. 택시비를 지불하고 내려서니 하늘을 찌를 듯 높이 선 고층 빌딩의 마트가 눈앞에 서 있었다.

채빈은 에스컬레이터를 타고 컴퓨터 매장이 있는 곳으로 올라갔다. 평일이어서인지 매장은 대체적으로 한산한 편이었다. 그런데 이게 편하기만 한 것은 또 아니었다. 채빈은 모든 점주들의 표적이 되고 있었다.

"어서 오세요, 손님. 무엇을 찾으시나요?"

"저희 물건 좋아요. 와보세요."

진열대 너머의 점주들이 지나가는 채빈을 소리쳐 불렀다. 채빈은 쭈뼛거리면서도 빠르게 매장들을 탐색했다. 그런 끝에 조립 컴퓨터를 판매하는 한 점포 앞에 멈춰 섰다.

"어서 오십시오!"

기골이 장대한 주인이 우렁찬 목소리로 채빈을 맞이했다. 채빈은 기세에 눌려 조금 몸을 움찔거리며 대답했다.

"컴퓨터 좀 사려고 하는데요. 배달되나요?"

"물론입니다, 손님! 제주도만 아니라면 구입하시는 즉시 조립해서 오늘 당장에라도 가져다 드립니다! 하하하!"

주인은 너털웃음을 터뜨리는 동시에 재빨리 팸플릿을 집어 공손히 두 손으로 내밀었다.

채빈은 팸플릿을 잠시 들여다보다가 입술을 깨물었다. 결심했다. 태어나 처음으로 사는 나만의 컴퓨터다. 가격대비 성능은 개나 주고 최고 좋은 걸로 구입해야지.

"제가 사양 말씀드리는 대로 좀 맞춰주실래요?"

"네, 말씀하십쇼."

주인은 벌써 양손에 메모지와 펜을 들고 있었다.

"I7-2700으로 해주시고요. 하드는 1,000기가에 SSD 60기가랑요. 그래픽카드는 GTX—570으로, 아 그리고…….”

채빈의 요구사항을 받아 적는 주인의 입가에는 그야말로 함박웃음이 번지고 있었다.

"그리고 모니터도 사야 하는데 좀 보여주세요."

"크기는 얼마나 되는 걸 찾으십니까?"

"24인치요."

"요놈이 요즘 평가가 아주 괜찮습니다."

시간이 걸려 모든 옵션 선택이 끝났다.

220만 원 정도의 계산이 나왔다. 채빈은 그 자리에서 현금으로 계산을 치러 다시 한 번 주인을 가슴 깊이 감동시켰다.

"어이쿠, 여러모로 감사합니다! 여기 마우스랑 키보드, 스피커, 복합기도 가, 가져가세요."

어찌나 기쁜지 주인은 말까지 더듬고 있었다. 가뜩이나 불경기인 와중에 채빈 같은 대박 손님이 왔으니 흥분을 감출 수가 없었던 것이다.

"정말 그냥 가져가도 돼요? 안 그래도 복합기는 필요했으니까 돈 내고 살게요."

"무슨 말씀! 그냥 드, 드리겠습니다!"

"감사합니다. 오늘 저녁까지 받을 수 있을까요?"

"그럼요. 주소만 적어주고 가세요. 김 군, 와서 컴퓨터 조립해라. 밥은 좀 이따 먹어도 되잖아!"

주인의 말에, 부하 직원이 먹고 있던 짬뽕을 마셔버리듯이 해치우더니 즉석에서 컴퓨터 조립을 시작했다. 채빈은 집 주소를 적어준 다음 영수증을 받고 매장에서 발길을 돌렸다.

"안녕히 가세요! 조심히 가세요! 살펴 가세요!"

주인의 우렁찬 인사가 채빈의 고막을 쩌렁쩌렁 울렸다. 채빈은 민망함으로 서둘러 에스컬레이터에 발을 올렸다.

'기분이 묘하네.'

손가락 끝이 전기라도 오른 것처럼 찌릿찌릿했다. 1층으로 내려올 때가 되어서야 채빈은 그 묘한 감각의 원인을 어렴풋이 깨달을 수 있었다.

이것은 우월감이다.

한 번도 느껴보지 못했던 쾌감이다.

가진 자만이 만끽할 수 있는 즐거움이다.

순간 속물이란 생각이 잠깐 들었지만 그게 무슨 상관일까. 대부분의 사람이 이렇게 살아간다. 그리고 20년 만에 처음으로 내 컴퓨터를 하나 샀을 뿐이야. 생각하다 보니 피식 웃음이 나왔다.

'남은 돈은 뭘 할까.'

아직도 70만 원이 수중에 남았다.

최신형 스마트폰, 비디오게임기, 멋진 옷과 신발……. 그야말로 무수한 물건들이 머리에 떠올랐다가 사라지길 반복했다. 도저히 갈피를 잡을 수도 없어서 일단은 참기로 했다. 돈이 다리가 달려서 도망갈 것도 아니니 느긋하게 생각해 보면 될 일이다.

"택시!"

채빈은 지하철을 타지 않고 대로로 나와 택시를 잡았다. 태어난 이래 처음으로 하루에 2번씩이나 택시를 탔다.

동네 사거리에 거의 다다랐을 무렵이었다.

"기사님. 저기 앞에 세워주세요."

채빈이 말했다.

"네, 손님."

택시가 재빨리 차선을 바꿔 횡단보로 앞의 도로변에 멈춰섰다. 채빈은 요금을 지불하고 택시에서 내려 돌아섰다.

'여기서 먹고 들어가야지.'

전면이 유리로 된 대형 고깃집이었다.

고기가 먹고 싶었다. 숙자의 등살에 밀려 반찬으로 나와도 젓가락을 차마 대지 못했던 고기. 오늘은 당당히 돈을 내고 원없이 꾸역꾸역 먹어보고 싶었다.

채빈이 문을 열고 안으로 들어섰다.

"어서 오세요. 혼자세요?"

"네."

"이쪽으로 오세요."

직원이 창가의 자리로 채빈을 안내했다. 의자를 빼고 앉은 채빈에게 메뉴판을 건네며 직원이 물었다.

"식사하실 거죠? 식사메뉴는 여기 있어요."

"아니요. 고기 먹을 거예요."

그렇게 말하며 채빈이 메뉴판을 펼쳤다. 순간 '이럴 수가' 하는 표정이 그의 얼굴을 스쳐갔다. 가장 저렴한 안심 가격이 무려 3만3,000원이었다.

"잠시만요. 고르고 말씀을 드릴게요."

직원이 물컵만 내려놓고 주방 쪽으로 돌아갔다.

채빈은 메뉴판을 뚫어져라 들여다보며 침음을 흘렸다. 고작 1인분에 3만3,000원이라니! 라면을 사도 30봉지를 넘게 살 수 있는 거액인데 고작 1인분이라니!

기회비용을 계산하는 건 가난에 찌든 삶 때문에 으레 생겨난 습관이었다. 채빈의 떨리는 손은 어느새 메뉴판을 식사 쪽으로 넘기고 있었다. 9,000원 가격의 갈비탕이 구원처럼 두 눈에 들어왔다.

'그래, 갈비탕에도 고기는 있지.'

밥 한 공기 말아서 뚝딱 먹고 나면 그만이다. 알량한 고기 몇 점 집어 먹는 것보다 국물에 밥을 말아 한 그릇 뚝딱 해치우는 게 훨씬 든든할 것이다. 채빈은 나름대로 스스로를 설득시키면서 손을 들어 직원을 불렀다.

"예, 뭘로 드릴까요?"

직원이 다가와 물었을 때였다.

채빈은 무심코 유리창에 비춰진 자신의 얼굴을 볼 수 있었다.

지금 내가 뭘 하고 있는 것일까.

목을 움츠리고 앉아 메뉴판을 두 손에 꼭 쥔 채 처음으로 고기를 먹으러 온 사람처럼 주위를 두리번거리고 있지 않은가. 자괴감이 들었다. 한심스럽기 짝이 없었다.

"저어, 손님?"

상 위에 놓인 메뉴판으로 채빈이 시선을 떨어뜨렸다. 가난에 찌들어 살았던 시절로 돌아가고 싶지 않다. 지금 나에겐 이 비싼 고기를 사 먹을 돈과 자격이 충분히 있다.

"안심 2인분이랑 차돌박이 1인분 주세요."

결정을 내린 채빈이 메뉴판을 탁, 소리 나게 덮으며 말했다. 주문 한 번 하는데 지나치게 의연한 채빈의 태도를 보고 직원은 고개를 갸우뚱하며 메모를 했다.

"혹시 찌개 따로 시켜야 하나요?"

"찌개랑 계란찜은 함께 나옵니다."

"네."

잠시 후 주문한 고기와 밑반찬이 상 위 그득히 깔렸다. 채빈은 불판이 달아오르기 무섭게 고기를 올리며 구워지는 족족 열심히 먹기 시작했다.

'와, 맛있다!'

고기가 이렇게 맛있는 음식이었구나. 오랜 시간을 모르고 살았다. 씹고 있는 시간이 아까울 정도로 맛있었다.

"어서 오세요!"

가족 단위의 손님들이 들어와 채빈의 근처 테이블에 자리를 잡았다. 그 모습을 언뜻 보았을 뿐인데 채빈은 그만 목이 메었다.

가족과 함께 고기를 먹은 마지막 기억이 떠올랐다. 아버지는 식탁 맞은편에서 불경기를 저주하며 소주를 마시고 있었고, 어머니는 채빈의 옆자리에서 부지런히 삼겹살을 굽고 있었다.

어머니는 연달아 고기를 싸서 채빈의 입안에 넣어주었다. 채빈의 기억에 따르자면, 그날 어머니는 자기 입에 한 점의 고기도 넣지 않았다.

"저기요."

채빈이 손을 들어 직원을 불렀다.

"네, 손님. 뭐 필요하세요?"

"소주 한 병만 주세요."

"어떤 걸로 드릴까요?"

"아무거나요. 아무거나……."

직원이 볼펜과 계산서를 든 채로 머뭇거렸다. 들어올 때 보았던 채빈의 얼굴은 어렸다. 지금 고개를 숙인 채 말하는 것도 마음에 걸렸다.

"저기, 실례지만 미성년자는 아니시죠?"

채빈이 지갑에서 신분증을 꺼내 내밀며 고개를 들었다. 눈물로 푹 젖은 두 눈이 보였다. 우는 얼굴에 당황한 직원은 재빨리 생년월일만 확인하고는 소주 1병을 가져다주었다.

잔에 소주를 가득 따르며 채빈은 아버지를 생각했다. 술은 어른에게 배우는 법이라며 소주를 따르던 아버지의 얼굴은 분명 웃고 있었다.

채빈은 단번에 쓰디쓴 소주를 들이켰다.

"크으……!"

쓴맛과 함께 고통뿐이었던 지난날의 단면들이 들이닥쳤다. 숙자의 강짜에 밀려 처박힌 옥탑의 냉방 한가운데에서 홀로 훌쩍이던 많은 날들이 눈앞에 아른거렸다. 아른거려서, 눈물이 자꾸만 나왔다.

이건 소주가 쓰기 때문이다. 채빈은 스스로를 이해시켰다. 얼굴이 찌푸려질 정도로 쓰니까 눈물도 좀 나올 수 있는 거 아니야?

"엄마, 저 형 혼자 술 마시면서 울어."

"쯧, 모르는 사람 쳐다보는 거 아냐. 타기 전에 고기나 먹어."

다른 탁자의 손님들이 무슨 말을 하든 말든 들리지도 않았다. 채빈은 울면서도 꾸역꾸역 고기를 먹고 연거푸 소주를 마셨다.

'내 돈 주고 마시는 거야! 이 고기랑 소주는 다 내 거야!'

당당해질 것이다. 외로워하지 않을 것이다. 자신의 힘으로 보란 듯이 살아갈 것이다. 이채빈의 인생은 이제부터 진짜로 시작이다!

제3장
독기

이계
마왕성

"어서 오세요! 시동 끄시고 주유구 열어주세요! 네네, 얼마 넣어드릴까요?"

사거리의 주유소는 오늘도 바빴다.

유가가 연일 천정부지로 치솟고 있었지만 주유소로 들어오는 차들의 수는 도무지 줄어들 줄을 몰랐다. 채빈은 화장실에 갈 틈도 없이 사방을 뛰어다니며 손님을 받고 있었다.

채빈은 궁금했다. 얼마나 많은 돈을 벌면 이렇게 좋은 차를 맘껏 끌고 다닐 수 있게 되는 걸까.

고향에서 주유소 일을 할 때도 종종 품었던 생각이었다. 아무렇지도 않게 '만땅'을 외치며 카드를 내미는 손님들을 보노라면 솔직히 무슨 일을 하는지 심하게 궁금했다.

서울로 올라온 채빈이 이 주유소에서 일한 지 1주일이 지났다. 벌써 모든 일이 손에 익어 오래 전부터 일해왔던 것처럼 모든 게 편했다.

"채빈아, 좀 쉬면서 해라!"

카운터 쪽에서 사장이 소리쳐 말했다.

채빈은 주유중인 차의 앞 유리를 닦으며 돌아보지도 않고 대답했다.

"점심시간 금방인데요 뭐."

처우가 좋은 만큼 채빈은 열심히 일하고 있었다.

고향에서 일했던 달수의 주유소와 비교해도 손색이 없었다. 사장이란 사람은 물심양면으로 직원들을 잘 챙겨줬다.

그러나 모든 게 평탄하지만은 않았다.

여러 손님을 상대하는 직종인만큼 불쾌한 일이 생기는 일도 허다했다. 이를 테면 바로 오늘, 저기 들어오고 있는 손님처럼.

"어서 오세요."

"천천히 갈 거다."

막 들어온 손님이 시작부터 하대를 해댔다.

차는 갓 출고된 듯한 고급 외제 스포츠카. 운전자는 30대를 넘긴 고급 정장 차림의 남자였다. 진한 화장에 타이트한 원피스 차림의 젊은 여자가 조수석에 동승하고 있었다.

채빈이 저도 모르게 이마를 찌푸렸다.

매일같이 다른 여자와 동승해 찾아오는 이 손님은 주유소 모든 직원이 손에 꼽는 최악의 손님이었다. 오늘도 역시 다르지 않았다. 손님은 주위의 시선엔 아랑곳없이 조수석의 여자에게 수작을 부리고 있었다.

"왜 이래 오빠, 사람들이 보잖아."

"보긴 누가 본다고 그래."

남자가 여자의 허벅지를 쓰다듬으며 뱀처럼 웃었다. 채빈은 눈을 옆으로 돌린 채 목소리에 힘을 주어 물었다.

"얼마 넣어드려요?"

차들이 계속 밀려들기 때문에 빨리 주유를 끝내고 앞으로 차를 빼줘야 했다. 남자는 여자의 허벅지에서 손을 떼지도 않고 귀찮다는 눈빛으로 채빈을 돌아보았다.

"네 좆대로 넣어주세요."

"네?"

채빈의 얼굴이 딱딱하게 굳었다.

남자가 코를 벌름거리며 헛웃음을 터뜨렸다.

"표정 봐라. 농담 좀 했다고 치겠네?"

남자가 창밖으로 고개를 내밀고는 채빈이 선 옆으로 가래

침을 퉤, 뱉었다.
 "야, 신참이지? 너 신참 맞지?"
 "……."
 "내가 처음 볼 때부터 느낀 건데 넌 왜 그렇게 표정이 썩었냐?"
 채빈의 입술이 부르르 떨렸다. 그것을 본 남자가 채빈의 앞으로 한쪽 뺨을 들이대며 때려보라는 시늉을 했다.
 "꼽냐? 한 대 쳐봐. 내가 한 대 맞아줄게."
 시끄럽게 사방을 울리는 경적 속에서 채빈은 얼어붙은 듯이 가만히 서 있었다. 입안에서 위아래 이가 부서질 정도로 맞부딪치고 있었지만, 참아야 했다.
 그때였다.
 "오빠, 빨리 기름이나 넣고 가. 냄새 역겨워서 짱난단 말이야."
 조수석의 여자가 불쾌하다는 얼굴로 코를 막고 말했다. 남자가 채빈에게 삿대질을 해대며 으름장을 놓았다.
 "앞으론 조심하고, 들었지? 우리 혜정이가 짜증난다니까 빨리 기름이나 처넣어."
 "알았으니까 얼마 넣어드리냐고요."
 채빈이 화를 꾹 참으며 다시 물었다.
 남자는 한 손으로 여자의 치마 속을 더듬는 한편 별 천치를

다 보겠다는 얼굴로 말했다.

"애새끼가 눈치가 없냐? 그냥 넣으라면 당연히 만땅이지, 에휴. 너도 참 답없다. 평생 롤라 타고 '기름 넣어~ 기름 넣어~' 하고 살래? 쯔쯔."

채빈은 이를 악물고 떨리는 손으로 주유기를 부여잡았다. 기름이 다 들어갈 동안 주유기를 뽑아 차를 때려 부수고 싶은 충동이 열두 번도 더 들었다. 멀리에서 동료 직원 하나가 걱정스런 눈길로 이쪽을 바라보고 있었다.

참자! 힘이 없어서가 아니다. 똥은 무서워서 피하는 게 아니라 더러워서 피하는 거다.

기름이 금세 가득 들어갔다.

계산을 끝내고 카드를 돌려주는데 남자가 끝까지 빈정대고 있었다.

"주유구 똑바로 닫았냐?"

"⋯⋯."

"대답을 안 해, 싸가지없이. 닫았냐고!"

"네."

"애새끼가, 세상을 좀 배워라, 좀."

"오빠, 그냥 가자니까! 문 좀 닫아! 냄새!"

"헤헤헤, 미안. 우리 혜정이 화났정? 뭐 사줄까? 뭐 먹고 싶어?"

"기름 냄새 때문에 입맛 다 떨어졌어. 스타벅스 가서 자바칩 프라푸치노나 한 잔 마시고 싶어."

"오케바리, 스타벅스! 자바칩 프라푸치노로 고고씽!"

빠바바바방!

스포츠카가 요란한 경적을 울리며 화려하게 퇴장했다. 멀리서 지켜보고 있던 동료 직원 하나가 달려와 채빈의 어깨를 토닥였다.

"좆 팔아 처먹고 사는 새끼가 깝치기는. 저런 상질의 쓰레기 새끼는 나도 처음 본다. 세상이 원체 쓰레기 같은 놈들 천지야. 그냥 그런가보다 해."

"전 괜찮아요, 세만이 형."

손님 못지않은 쌍욕을 섞어가며 채빈을 위로하는 이 직원의 이름은 위세만. 올해 29살로 채빈보다 9살 위였다. 처음부터 지금까지 채빈을 가장 살갑게 대해주는 좋은 동료이자 형이었다.

솔직히 채빈에게 첫인상이 좋은 사람은 아니었다.

채빈이 처음 일을 시작했던 날. 세만은 지저분한 몰골로 주유소 기숙사에서 어슬렁어슬렁 기어나왔다. 며칠 감지 않은 듯한 까치집 머리에 퀭한 눈빛, 코와 턱에 그득한 수염. 친해져봤자 득이 될 게 전혀 없어 보이는 사람이었다.

하지만 그러한 채빈의 불과 며칠 만에 그렇게 생각했던 스스로를 반성해야 했다. 세만은 생긴 것과 하는 짓이 전혀 다른 남자였다.

잘 씻지 않아 사장에게 매번 잔소리를 듣는 것만 빼면 모든 부분에서 성실하고 기민했다. 컴퓨터도 잘 다루고 이런저런 지식에도 해박했다. 도대체 왜 이런 주유소에서 아르바이트를 하고 있을까 의구심이 들 정도로.

"씨발, 예전 같았으면 하악골이 덜렁거리도록 두들겨 패줬을 텐데. 수라의 길을 버리고 성실한 사회생활을 결심한 지금의 나로선 쉽지가 않다."

"하하하."

"웃기는. 진짜야, 임마. 나는 딱, 이렇게 눈을 부라리면 상대의 선이 보여."

"선이요? 또 무슨 애니 얘기죠? 하지 좀 마요."

채빈이 손을 내저었다.

세만은 세간에서 흔히 말하는 속칭 오타쿠에 가까운 서브컬처 매니아였다. 온갖 애니메이션과 만화, 장르소설에 이르기까지 줄줄 읊어댈 정도로 모르는 게 없었다.

"뭘 하지 마. 보이는 선만 따라서 이렇게 쉭쉭 그으면……."

"으이구, 알았으니까 그만해요. 차 들어와요."

채빈이 허공을 이리저리 베고 있는 세만을 돌려세웠다. 그대로 대화가 이어질 틈도 없이 또 새로운 차들이 줄줄이 주유소로 들어오고 있는 중이었다.

바쁜 만큼 시간은 빨리도 갔다.

진상 손님으로 인한 불쾌함을 곱씹을 틈도 없었다. 금세 오후 4시가 되어 아르바이트는 끝이 났다.

"수고하셨습니다."

"그래, 채빈아. 조심히 들어가라."

집으로 돌아가면서 채빈은 독트로스 광산 던전에 대해 생각했다. 오늘이 바로 160시간의 주기가 끝나 던전 진입이 가능해지는 날이었다.

'오늘은 뭐가 나올까.'

금덩이도 좋지만 이번엔 마법과 관련된 보상이 나오기를 채빈은 바랐다. 1서클 마나의 정수를 마시고 마법력을 갖추었으니 뭐가 됐든 마법을 배우고 싶었다. 하다못해 바퀴벌레로 변하는 거라도 좋으니 제발 무엇인가 마법을!

들뜬 마음에 절로 노래가 나왔다. 주유소의 진상 손님으로 인한 더러운 기분도 다 날아가 버렸다.

생각에 여념이 없이 걷다 보니 어느새 집 근처였다. 지척의 마차에서는 여자가 변함없이 붕어빵을 팔고 있었다. 아니, 오늘은 전에 없던 오뎅까지 곁들여 팔고 있었다.

"아, 안녕하세요."

시선이 마주치자 여자가 어색하게 웃으며 먼저 인사했다. 졸지에 채빈도 고개를 살짝 숙여 보이고 이끌리듯 마차로 다가갔다.

"오뎅… 하시네요."

"네, 장사가 좀 나아질까 싶어서요."

"잘되세요?"

"전혀요. 후후."

여자가 혀를 쏙 빼물고 웃으며 도리질을 쳤다.

처음으로 채빈은 여자를 자세히 볼 수 있었다. 예쁜 얼굴이었다. 서글서글한 반달 모양의 두 눈, 오똑한 코, 도톰한 입술. 화장기는 전혀 없었지만 본바탕이 충분히 예뻤다.

"영 안돼요. 자리가 이렇다 보니."

"큰길에서 하시지 왜 이런 데서?"

채빈이 오뎅 하나를 빼 간장에 찍으며 물었다. 여자는 종이컵에 국물을 떠 주면서 한숨을 내쉬었다.

"원래 사거리 쪽에서 했었어요. 근데 단속 때문에 하도 피곤해서……."

"아아……."

채빈이 할 말이 없어진 입으로 오뎅을 밀어 넣고 우물거렸다.

대화를 다른 쪽으로 돌리고 싶은데 적당한 말이 떠오르지 않았다. 대학생이냐고 물어볼까. 아니, 그건 좀 이르다. 붕어빵이 하루 몇 마리나 팔리느냐고 물어볼까. 이것도 영 실례 같긴 하지만.

그때였다.

'누구지?'

주머니의 핸드폰이 몸을 떨었다.

번호를 아는 사람은 극히 소수였기에 채빈은 의아해하며 핸드폰을 꺼냈다.

'어어?!'

채빈이 순간 숨을 멈췄다. 너무도 눈에 익은 전화번호가 액정 위에 떠오르고 있었다. 은효의 전화였다.

어떻게 번호를 알았을까.

아니, 전화가 온 마당에 그 점은 이미 중요할 수 없었다. 채빈은 포장마차에 놓인 플라스틱 의자에 앉아 머리를 싸맸다. 여자가 기이한 눈초리로 채빈의 정수리를 내려다보고 있었다.

'받으면 안 돼.'

채빈은 핸드폰을 외면하고 오뎅을 우적우적 먹었다. 금세 다 먹고 2개째의 오뎅을 드는데도 핸드폰은 계속 몸을 떨고 있었다.

'그만 좀 해.'

채빈이 속으로 빌듯이 말했다.

은효를 평생 안 볼 생각은 아니었다. 그저 아직은 무리라고 판단하고 있을 뿐. 작더라도 무엇인가 성과를 얻을 때까지 미루고 싶었다. 당당하게 설 수 있게 되었을 때 은효를 만나고 싶었다.

그리고 문제는 그것뿐만이 아니었다.

은효는 지금껏 그래왔듯 자신을 걱정할 것이다. 시도 때도 없이 전화할 것은 물론이고 여유가 생기면 밑반찬을 만들어 찾아오기까지 할 것이다. 채빈이 아는 은효는 충분히 그러고도 남을 애였다.

꼬리가 길어지면 밟히는 건 당연한 노릇이다. 그 꼬리를 밟을 마귀할멈의 이름은 숙자. 간만에 숙자의 뒤틀린 얼굴을 떠올리며 채빈은 오한이 든 사람처럼 몸서리를 쳤다.

채빈은 오뎅을 5개나 먹어치웠다. 초조해진 마음만큼이나 급하게 먹었다. 그 사이에도 전화는 계속 줄기차게 걸려오고 있었다.

보다 못한 여자가 근심스런 얼굴로 넌지시 한마디했다.

"천천히 드세요. 체하시겠어요."

"아뇨, 저 원래 분당 10개는 먹어요."

그렇게 대답한 순간 멈출 줄 모르고 울리던 핸드폰이 잠잠해졌다.

채빈은 스스로도 알 수 없는 의미의 한숨을 내쉬며 허리를 곧게 폈다. 그런데 끝이 아니었다. 곧 하나의 문자메시지가 날아왔다.

오빠 왜 전화 안 받아 주유소 달수 아저씨가 번호 가르쳐주면서 전화해보라고 하셨어 오늘 무슨 날인지 잊었구나 너무해 오빠

'아차!'
채빈이 찬물을 뒤집어 쓴 사람처럼 벌떡 일어섰다가 파라솔에 머리를 부딪쳤다.
"괜찮으세요?"
"아, 네. 죄송……."
까마득히 잊고 있었다. 오늘은 은효의 생일이었다. 주소를 숨기고 택배로 선물이라도 보냈어야 했는데, 이럴 수가.
은효는 지금껏 단 한 번도 채빈의 생일을 그냥 넘어간 법이 없었다. 아침이면 숙자에게 욕을 먹어가면서도 미역국을 끓여주었고, 자기의 용돈을 털어 작게나마 케이크와 선물을 챙겨주곤 했다. 양심 때문이라도 그런 은효의 생일만큼은 모른 척할 수가 없었다.
'돈은 있어.'

채빈은 금덩이를 팔아서 쓰고 남은 돈 50만 원을 생각했다. 여고생의 생일선물을 사기엔 충분하고도 넘치는 금액이었다. 채빈은 잠깐 생각을 정리했다. 그리고 핸드폰의 통화 버튼을 눌렀다.

―오, 오빠!

은효의 반가운 목소리가 고막을 울렸다. 너무도 그립고 예쁜 목소리. 채빈은 자연스레 입가에 떠오르는 웃음을 참으며 대답했다.

"미안. 일하는 중이라 못 받았어. 지금 갈게."

―지금 온다고?

은효가 놀란 목소리로 반문했다.

―정말이야? 서울이잖아? 올 수 있어?

"2시간 반이면 가니까. 7시까지 갈게."

몇 마디 대화가 더 오간 후 전화가 끊겼다.

차라리 잘됐다고 생각하기로 했다. 아무 말도 없이 떠나온 일이 적잖이 마음에 걸리기도 했으니까. 이참에 만나서 제대로 이야기를 해놓는 것도 나쁜 일은 아닐 것이다.

"잘 먹었습니다. 여기 돈이요."

"되게 좋아하는 사람인가 봐요."

"네?"

채빈이 놀란 얼굴로 쳐다봤다.

여자는 거스름돈을 내밀며 슬그머니 웃고 있었다.

"아니요. 그냥 동생… 동생인데……."

"호호, 네."

"그럼, 수고하세요."

"안녕히 가세요."

채빈은 허겁지겁 돌아서서 집으로 향하다가 다시 돌아서서 온 길을 되밟았다. 붕어빵 여자의 한마디 말이 뇌리를 울렸다. 되게 좋아하는 사람인 것 같다고? 전혀 웃지 않았던 것 같은데 그렇게 티가 났나.

"터미널이요."

사거리에 도착한 채빈은 택시를 잡아탔다. 택시는 목적지인 버스터미널을 향해 빠른 속도로 달리기 시작했다.

"오빠!"

고향에 내리자마자 반가운 목소리가 울렸다.

채빈이 쓰고 있던 모자챙을 돌리고 주위를 살폈다. 땡땡이 무늬 원피스의 치맛자락을 넘실거리며 은효가 달려오고 있었다.

"야, 넘어져!"

"아야!"

껴안을 기세로 달려오던 은효가 코앞에서 급정거하듯 멈

춰 섰다. 뒷머리를 긁적이는 채빈만큼이나 은효도 어색하게 쭈뼛거리며 웃었다.

"오랜만이야."

은효가 손을 쓱 내밀었다.

"그렇게 오래 지나지도 않았는데."

채빈은 손을 뻗어 악수하면서 다른 손에 쥐고 있던 쇼핑백을 건넸다.

"이게 뭐야?"

뻔히 알면서도 은효가 물었다. 채빈은 쇼핑백을 은효의 손에 쥐어주며 말했다.

"생일 축하한다."

얼떨결에 품 안 가득 쇼핑백을 건네받은 은효는 내용물을 들여다보더니 소스라치게 놀랐다.

"이거 넷북이잖아?"

"너도 내년이면 대학생인데 넷북 하나 있으면 좋을 것 같아서. 너는 터치로 조작하는 거 불편해하니까. 왜? 마음에 안 들어?"

은효가 허겁지겁 손사래를 쳤다.

"안 들긴! 안 들긴! 그런 게 아니고 이거 비싸지 않아? 오빠 서울 올라간 지 얼마나 됐다고 이렇게 비싼 걸 샀어?"

"그 정도 살 돈은 있어."

"그래도……."

"네 생일선물 제대로 챙겨준 적도 없는 것 같아서 살짝 무리했지."

"환불해, 오빠."

"싸울래?"

"무리했다며. 난 오빠 본 걸로 충분해."

"농담한 거야. 돈 있으니까 됐어."

"이건 환불하고 나 청바지나 하나 사줘."

채빈이 아랫입술을 깨물며 짐짓 인상을 썼다.

"너 그 환불하라는 소리 한 번만 더 해."

"오빠……."

"그냥 써. 가격 신경 쓰지 마. 남자 자존심을 그렇게 긁냐."

은효가 물끄러미 채빈을 쳐다보았다. 그러더니 갑자기 픽, 하고 웃음을 터뜨리며 말했다.

"오빠가 무슨 남자냐?"

"간만에 봤는데 시비야?"

은효가 고개를 숙이고 쿡쿡 웃었다. 채빈은 못마땅한 표정으로 입맛을 다시며 지나쳐 갔다.

"어디 가?"

"커피 한 잔 마실라 그런다."

"5분이면 집에 가는데 집에 가서 마셔."

은효가 채빈의 등 뒤를 쫓으며 말했다. 자판기에 넣을 동전을 꺼내며 채빈이 대답했다.

"집엔 안 가. 너만 보고 올라갈 생각이었어."

"아빠가 기다리시는데?"

자판기 투입구로 향하던 채빈의 손이 멈췄다.

"내가 말씀드리지 말라고 했잖아?"

"곧 저녁 먹을 건데 어딜 가냐고 물으시잖아. 내가 뭐라고 해. 오빠 마중 나간다고 그랬지."

"야, 공은효! 하여간 너… 아오!"

채빈이 자판기를 등지고 서서 몸을 늘어뜨렸다.

이럴까 봐 전화로 몇 번이나 주의를 줬는데 결국 당하고 만 것이다. 은효는 싱긋 웃으며 채빈의 옷소매를 쥐고 채근했다.

"가자, 응? 맛있는 거 많이 해놨어."

"넌 뻔히 알면서 왜 매번……."

"엄마 눈치 보지 마. 내 생일이고 오빤 내 손님이야. 응? 얼른 가자. 이제 함께 사는 것도 아니잖아."

은효가 낑낑거리며 채빈을 당겼다. 채빈은 도살장에 끌려가는 소처럼 침울한 안색으로 은효를 따랐다. 진태가 기다리고 있다는 이상 버틸 재간이 없었다.

낡은 자전거는 채빈과 은효를 금세 집으로 데려다 주었다. 2주 만에 다시 보는 거대한 집이 여전히 채빈에게는 낯설기

그지없었다.

"들어가, 오빠."

"어, 어."

은효가 현관을 열었다.

채빈은 오는 길에 마트에서 산 과일 바구니를 두 손으로 들고 집안으로 들어섰다.

"다녀왔습니다."

"아니, 얘는 자기 생일에 어딜 갔다 이제……!"

주방에서 뛰어나온 숙자가 채빈을 보고 입을 다물었다. 돌처럼 굳은 숙자의 면전에 대고 채빈이 허리를 숙이며 인사했다.

"안녕하셨어요."

"안녕 못하다."

숙자가 쌀쌀맞게 대답했다. 채빈을 대하는 태도는 하등 달라진 점이 없었다. 은효가 슬그머니 둘 사이의 냉기 속으로 파고들었다.

"엄마, 왜 그래?"

숙자가 기다렸다는 듯이 속사포처럼 쏘아댔다.

"몇 년을 자식처럼 해먹이고 입히고 재워줬는데, 어? 편지 한 장 달랑 남기고 홀라당 떠나? 양심도 없지. 밥은 잘 먹고 다녔냐?"

"엄마, 좀 그만해!"

"얘가 어디서 소리를 질러?!"

바로 그때였다.

거실에서 장신의 젊은 남자 한 명이 나왔다. 남자와 시선이 마주친 채빈은 심장이 철렁 내려앉는 듯했다.

"여, 채빈이네. 오랜만이다."

남자가 뿔테 안경을 고쳐 쓰며 유들유들하게 웃었다. 채빈은 대답 대신 겨우 고갯짓만 하고 말아버렸다.

"정우 오빠가… 웬일이야?"

은효가 긴장한 얼굴로 물었다. 자신의 생일에 이 남자를 초대한 기억은 없었다. 남자는 눈을 한 번 깜박거리며 실실거릴 뿐이었다.

남자의 이름은 김정우.

채빈보다 나이는 1살 위로 한국 최고의 명문인 고구려대에 재학 중인 학생이었다. 더불어 정우의 집은 이 지역에서 둘째 가라면 서러울 만큼 부자였다.

채빈은 이 갑작스런 만남을 전혀 반가워할 수 없는 처지였다. 정우는 그 엄청난 재력과 오만함을 필두로 오래도록 채빈을 괴롭혀 왔으니까.

수도 없이 놀림당하고, 욕을 먹고, 얻어맞았다. 고등학교에 올라가면서부터는 채빈도 힘이 생겨 오기로 맞섰다. 그때부터 폭력과 같은 직접적인 가해는 하지 않게 되었지만 멸시의 눈빛만은 지금 이 순간까지도 그대로인 정우였다.

이곳에서 정우와 마주치게 될 줄이야. 채빈은 두 손을 바들바들 떨고 있었다. 머리로는 중학교 때의 치욕스런 어느 소풍날을 떠올리면서.

그 눈부신 여름날의 소풍.

정우는 패거리를 이끌고 나타나 채빈을 짓밟았다. 린치를 가한 이유는 유치하기 짝이 없었다. 은효와 가깝게 지내는 모습을 보기가 고까워서였다. 정우는 자기 입으로 뻔뻔스럽게 그 사실을 밝히기까지 했다.

―거지새끼가 은효랑 같이 다니는 모습을 보는 게 재수가 없어.

채빈은 보리타작 당하듯 전신을 골고루 얻어맞고 쓰러졌다. 눈두덩이 부어오르고 코에서 피가 흘러내렸다.

하지만 린치는 그걸로 끝이 아니었다. 정우가 눈짓을 하자 패거리들이 달려들어 채빈의 가방을 빼앗았다.

―아, 안 돼!

거꾸로 든 가방의 내용물이 우르르 쏟아졌다. 그중에는 은효가 새벽부터 낑낑거리며 싸준 소중한 도시락도 있었다. 김밥 마는 법을 배웠다면서 오빠가 첫 고객이니 영광인 줄 알라던 은효의 귀여운 얼굴이 눈앞을 스쳐가고 있었다.

정우의 표적은 바로 그 도시락이었다.

―도시락은 안 돼! 그러지 마! 하지 마!

―똥내 나니까 입 닥쳐, 거지새끼야.

정우가 매몰차게 채빈의 도시락을 내팽개쳤다. 뚜껑이 튕겨나가면서 담겨 있던 김밥들이 사방팔방으로 나뒹굴었다.

정우는 보란 듯이 김밥들을 하나하나 신발로 꾹꾹 밟아 뭉갰다. 그러더니 바지 지퍼를 내리고 부서진 도시락 통 위에 오줌을 누기 시작했다. 패거리들도 동참했다. 오물로 더러워지는 도시락 통을 보고 있노라니 채빈은 눈앞이 다 샛노래졌다.

―크으, 시원하다. 하하하핫!

악마 같았던 정우의 웃음소리가 지금 채빈의 귓가에 생생하게 되살아났다. 아무리 오랜 세월이 지나도 잊을 수 없는 악몽이란 이런 것을 두고 하는 말일 것이다.

"뭐하고 서 있냐, 채빈아."

채빈이 상념에서 깨어나 고개를 치켜들었다.

코앞에서 정우가 짐짓 인자한 표정으로 웃고 있었다. 그러더니 곧 시선을 옆으로 돌려 숙자의 어깨를 살며시 잡고 말하는 것이었다.

"채빈이 밀리서 왔잖아요. 애가 철이 없어서 그렇지, 속으론 반성하고 있을 겁니다. 어머니께서도 그만 화 푸세요."

허울 좋은 정우의 말에 숙자는 호호호 웃으며 맞장구를 쳤다.

"내 맘 알아주는 건 정우 군밖에 없네. 그래, 머리만 좋은 게 아니라 사람도 어쩜 이렇게 좋나?"

"제가 뭘요. 부끄럽습니다."

"이러지 말고 얼른 들어가 앉게나. 열심히 공부하느라 많이 시장할 텐데. 아줌마! 슬슬 전골 내오세요."

은효가 돌아서는 숙자를 붙잡고 물었다.

"엄마. 아빠는?"

"거래처에서 급한 연락이 왔다고 잠깐 가셨다. 은효, 너도 빨리 들어가. 그리고……"

숙자가 못마땅해 죽겠다는 눈초리로 채빈을 머리에서부터 발끝까지 훑어보며 말했다.

"너도 이왕 왔으니 밥이나 한 그릇 먹고 가든가."

채빈이 입을 꽉 다문 채 목울대를 울렸다. 양잿물을 한 동이 마셔도 지금처럼 역겨운 기분이 들지는 않았을 것이다.

밥이나 한 그릇 먹고 가라니.

끼니 해결하려고 이 먼 길을 온 것이 아니었다. 이 더럽고 부당한 시선을 감내하면서 내가 왜 밥을 먹고 가야 한단 말인가. 그럴 이유는 손톱만큼도 없었다.

채빈이 손에 든 과일 바구니를 내려놓았다. 마음 같아서는 확 내던져버리고 싶었지만 곁의 은효를 생각하면 그럴 수가 없었다.

"그거 뭐니?"

숙자가 힐끗 바구니를 내려다보며 물었다.

"오다가 샀습니다. 마침 막 들어온 게 있……."

채빈의 말을 다 듣기도 전에 숙자는 혀부터 찼다.

"때깔을 보니 전체적으로 맛이 갔네. 갈 때 도로 가져가렴. 과일이라면 냉장고에 가득 차서 더 들어갈 데도 없다."

그 말을 남기고 숙자는 거실로 사라졌다. 뒤이어 정우와 숙자의 깔깔거리는 목소리가 집안 가득 울려 퍼지기 시작했다.

"오빠……."

은효가 무슨 말을 해야 할지 모른 채 떨리는 손을 뻗었다. 채빈은 가볍게 그 손을 밀어내고 과일 바구니를 다시 집어 들었다. 그리고 웃으며 말했다.

"나오지 마. 아저씨한테 죄송하다고 전해드려."

채빈이 신발을 신고 돌아섰다.

"오빠, 오빠."

은효가 눈물이 그렁그렁해진 채로 뒤를 따라갔다. 그녀는 채빈을 집으로 데려온 자신의 안일한 판단을 이미 후회하고 있었다. 아무리 그래도 자신의 생일날까지 숙자가 채빈을 이토록 냉대할 줄은 몰랐다.

정원을 다 지나 대문을 나서려 할 때였다.

"너희들 어디 가!"

정우가 정원을 가로질러 쫓아오고 있었다.

채빈이 대문을 열며 은효에게 돌아가라는 눈짓을 건넸다. 하지만 은효는 움직이지 않았다. 그 사이에 정우가 코앞까지 다가왔다.

"은효야, 오늘 생일이잖아. 넌 주인공이 밥도 안 먹고 뭐하는 거야?"

"밥 생각 없어. 정우 오빠 먼저 먹어."

은효가 메마른 목소리로 대꾸했다. 정우는 목에 맨 넥타이를 살짝 풀며 이번엔 채빈을 질책했다.

"그리고 채빈이 임마, 은효 생일인데 너도 밥은 먹고 가야지. 어린애처럼 이게 뭐하는 짓이냐?"

"그렇게 부르지 마."

"뭐?"

채빈이 몸을 휙 돌렸다.

정우가 본능적으로 한 걸음 물러섰다. 채빈은 당장 주먹이라도 한 방 날릴 것 같은 표정을 하고 있었다.

"임마라고 하지 말라고."

"허."

정우가 웃음 지운 얼굴로 콧소리를 내며 안경을 벗었다. 한 손으로 넥타이 끝을 말아 쥐고 거기에 안경알을 닦으며 그가 되물었다.

"그래, 이채빈. 근데 너는 왜 반말이냐?"

"내가 너한테 존댓말 써야 돼?"

"한 살 위잖아, 내가. 예전이야 어려서 그랬다 쳐도 아직까지 반말을 해대면 듣는 나도 기분이 좀 그렇지. 이젠 꼬박꼬박 존댓말 썼으면 좋겠는데."

"허어?!"

채빈이 하늘을 보고 실소를 터뜨렸다.

정우의 가느다란 눈썹이 똬리를 트는 살모사처럼 꿈틀거렸다.

"뭐가 웃겨서 웃는 거냐?"

"너 같은 인간한테 왜 존대까지 해야 되는데?"

"야, 이채빈."

정우가 닦은 안경을 주머니에 넣으며 양어깨로 크게 한숨을 내쉬었다.

"왜 이러냐? 난 너하고 오랜만에 봐서 반가운 거야. 이래저래 이야기도 하고 싶고. 서울 올라갔다는 소식도 이제 막 들은 참이라서."

"……"

"말이 없냐. 서울에선 잘 지내냐?"

채빈은 아무 대답도 하지 않았다.

정우는 진정으로 누군가를 걱정해줄 위인이 못 되는 놈이었다. 설령 진정으로 걱정해주는 것이라 해도 받아들일 마음은 전혀 없었다.

"일은 구했어? 월급은 어때?"

"알 거 없어."

"도와주려고 그러지. 이번에 우리 아버지 서울에 사무실 내시는데 거기 사무직으로 들어가 볼래? 네가 고졸이긴 해도 오피스만 좀 배우면 업무엔 지장없을 거야. 어차피 따로 돈 내고 배울 형편도 안 될 테니까 그 부분도 내가 알아서 준비해 줄 수 있고."

언뜻 배려하는 듯한 말 속에 그득한 무시와 조롱을 채빈이 모를 리 없었다. 오래도록 시달렸던 만큼 새까만 속이 훤히 들여다보였다.

이 제안을 수락하면 정우는 정말로 자기 아버지에게 부탁해 일자리를 줄 것이다. 그리고 수시로 드나들면서 벌레 보듯 비웃어댈 것이다. 채빈이 아는 정우는 뼛속까지 비열한 인간이었다.

"어때? 싫어?"

"이미 하는 일 있어."

정우가 오만상을 찌푸리며 과장되게 아쉬움을 표현했다.

"그래? 내가 소개시켜주는 일이 월급이 훨씬 높을 텐데. 네가 지금 무슨 일을 하고 있는지는 모르겠다만 흐음… 뭐, 편의점이냐? 아니면 주유소? 그래, 아무래도 주유소가 익숙하니까 계속하나?"

채빈의 두 눈에 불이 붙었다.

폭발 직전의 그 틈바구니 속으로 보다 못한 은효가 끼어들었다.

"이러지 마. 갑자기 와서 채빈 오빠한테 왜 이러는 거야?"

"내가 뭘? 나는 채빈이 걱정하고 있는 거야."

"걱정하는 말투가 아니잖아."

"진심이라니까. 대학은 못 갔고, 서울 어디 외곽에 고시원 아니면 셋방 얻어서 아르바이트하면서 지내고 있을 게 뻔하잖아. 그게 어디 보통 고된 일이겠냐? 부모님도 없이 혼자서."

"정우 오빠!"

주위가 어두워서 정우는 볼 수 없었다. 허리춤 아래로 늘어진 채빈의 두 손이 터질 정도로 주먹을 꾹 쥐고 있다는 것을.

"입 닥쳐."

채빈이 떨리는 목소리로 말했다. 그러나 정우는 입을 닥쳐주지 않았다. 오히려 채빈의 귓가에 대고 직격탄을 날리는 것이었다.

"진짜 주유소에서 일하는 거냐? 서울까지 올라가서도 기름을 넣는단 말이지?"

"그만하라고!"

"꺄악! 채빈 오빠!"

채빈이 정우를 뒤로 확 밀었다. 정우는 몇 발인가를 밀려난 끝에 중심을 잡고 바로 섰다.

"대화로 안 되니까 갑자기 폭력이냐? 못 배운 티내는 것도 아니고 왜 이렇게 사는 거야?"

"정우 오빠! 하지 말라고 했지!"

정우가 채빈에게 삿대질을 하는 한편 은효에게 일장연설을 늘어놓았다.

"은효야, 너 똑바로 들어. 이런 녀석이랑 어울리는 거 아니다. 가진 것 없다고 항상 남 탓만 하는 녀석이야. 열등감에 파묻혀서 매사가 삐뚤어진 이런 놈이랑은 어울리지 말라고. 은효 네 인생에도 이로울 게 전혀……."

빠아아악!

"푸웁!"

정우가 말을 잇지 못하고 코피를 터뜨리며 튕겨나갔다. 한 바퀴 돈 끝에 고꾸라진 정우의 몸뚱이 위로 채빈이 짐승처럼 달려들었다.

"이 씨발놈아!"

"이, 이 자식이?!"

엎치락뒤치락 몸싸움이 시작되었다.

채빈은 잇몸에 피가 나도록 이를 악물고 미친 듯이 주먹을 내질렀다. 뚜껑 완전히 열려 버렸다. 오늘 이 쓰레기의 아가리를 귀밑까지 찢은 다음 얼굴 피부 전체를 정수리 너머로 까뒤집어 놓고 말리라.

"이 씨발새끼! 끝장을 보자! 뒈져, 이 좆같은 씨발새끼야! 뒈져! 뒈져! 뒈져! 뒈져!"

빠아악! 빡! 빠박!

"크으윽! 아아악!"

"채빈 오빠! 그만해! 하지 마!"

은효의 만류는 소용이 없었다. 다시 위를 차지한 채빈이 정우의 얼굴을 마구 내리치고 있었다.

"꾸엑! 억! 끄악! 이, 이 새끼! 아아악!"

정우가 뒤집어진 거북이처럼 몸을 뒤튼 끝에 겨우 채빈의 손아귀를 벗어났다. 채빈은 엉금엉금 기어 도망치는 정우를 쫓아가서는 그의 뒤통수를 발로 찍어 눌렀다.

빠각!

"갸아악!"

"어딜 튀어, 이 좆같은 새끼야! 이 씨발새끼야!"

채빈이 무차별로 발길질을 날려댔다. 정우는 새우처럼 몸을 구부린 채 흙바닥을 이리저리 굴러다녔다. 때마침 귀가한 진태가 뜯어말리지 않았다면 채빈은 정말로 정우를 죽였을지도 몰랐다.

"다행히 별 탈은 없다고 하는구나."
"죄송합니다, 아저씨."
병원을 등지고 서서 채빈이 몸을 떨었다.
진태가 담배를 입에 물고 불을 붙였다. 회한과도 같은 연기를 길게 뿜어내며 그는 말을 이었다.
"정우는 내가 잘 설득했다. 크게 다친 것도 아니고, 잊어버리겠다고 하더구나. 그러니까 뒷일은 걱정하지 않아도 된다."
채빈의 두 눈이 커졌다.
합의 문제를 놓고 심각하게 머리를 굴리던 참이었다. 자신을 못 잡아먹어 안달인 정우가 고이 넘어가기로 했다는 게 믿겨지질 않았다.
아니, 그렇지 않다.
생각해 보면 이해가 안 가는 것도 아니었다. 놈은 은효를 좋아하니까. 마음 같아선 당장 날 씹어 먹고 싶겠지만 그럴 수 없는 것도 은효 때문이겠지.
그렇다면 결과적으로는 또 은효의 신세를 지게 된 셈이다.

채빈은 마음이 몹시 불편했다. 더 이상 마음의 빚을 지고 싶진 않았는데.

"정말로 걱정하지 마라. 앞으로는 함부로 주먹 쓰지 말고."

"…네."

"나는 네 말을 모두 믿는다. 채빈이 네가 주먹을 휘두를 정도였다면 그만한 이유가 있었을 거라고 말이다."

"정말… 죄송합니다."

진태가 고개를 천천히 끄덕였다.

"오늘 당장 올라가는 게 좋겠다. 은효에게는 나중에 전화라도 한 통 하고. 이거 받아라."

진태가 내민 손에는 꼬깃꼬깃한 버스표가 쥐어져 있었다. 채빈은 두 손으로 버스표를 받아 주머니에 넣었다.

"서울 생활은 괜찮니?"

"좋아요."

진태는 좀 더 진득하게 대화하고 싶었지만 일단은 일어섰다. 계속되는 숙자의 전화로 과열된 핸드폰이 폭발 직전이었던 것이다.

"힘든 일 있으면 언제든지 말하고."

"네."

진태가 자기 차를 몰아 터미널까지 채빈을 데려다주었다.

가는 동안 두 사람은 각자의 상념에 빠져 아무런 말이 없었다.

"고맙습니다."

"그래, 얼른 가라."

버스에 오른 채빈이 드리워진 커튼을 밀어내고 창밖으로 인사를 건넸다. 진태는 버스가 터미널을 떠나 완전히 사라질 때까지 한 자리에 서서 손을 흔들어주었다.

심야버스가 고속도로로 들어섰다. 내부 조명이 꺼지면서 완연한 어둠이 채빈을 휘감았다.

채빈은 돌아가자마자 해야 할 일을 생각했다. 그러나 아무 생각도 나지 않았다. 지금 주위를 에워싼 것과 같은 어둠뿐이었다. 아는 이 하나 없는 서울로 돌아가 낡은 셋방에 틀어박혀 무슨 일을 해야 할지 생각나는 게 없었다.

툭!

눈물 한 방울이 떨어져 허벅지를 적셨다. 정우에게 서슬 시퍼런 비난을 들을 때도 나오지 않던 눈물이 지금 걷잡을 수 없이 콸콸 쏟아지고 있었다.

"학생, 우는 겨?"

옆 좌석의 할머니가 걱정스레 물어왔다.

채빈이 울음을 삼키며 고개를 가로저었다. 할머니는 한 손으로 채빈의 등을 어루만지며 다른 손으로 박하사탕을 건넸다.

"사탕 먹어."

"괜찮아요."

"먹어. 단 거 먹으면 기분 좋아지니께."

할머니가 직접 껍데기를 까서 채빈의 입안에 사탕을 넣어주었다. 채빈은 마지못해 받아먹고 젖은 얼굴을 숙여보였다.

"달제?"

"네, 달아요."

정말로 박하사탕은 달았다. 너무 달콤해서 채빈은 폭포수처럼 눈물을 쏟아내고 말았다. 처음 보는 할머니가 건넨 손수건에 얼굴을 파묻은 채 참고 참았던 설움을 한꺼번에 터뜨렸다.

버스는 어둠을 가르며 부지런히 서울을 향해 나아가고 있었다.

11시가 조금 넘은 시각.

채빈이 세 들어 살고 있는 원룸 건물 앞에서 여자는 홀로 마차의 불빛을 밝히고 있었다.

"아우, 피곤해."

평소의 문 닫을 시간을 훌쩍 넘겼다. 어쩌다 보니 드문드문이나마 손님이 계속 오는 바람에 여태껏 장사를 하게 됐던 것이다.

"그래도 오늘은 4만 원은 벌었네."

여자가 쓸쓸히 웃으며 반죽으로 범벅이 된 앞치마를 벗었다. 실상 웃을 일이 아니었다. 혼자 사는 몸도 아니고, 하루 4만 원의 수입으로 뭘 어떻게 하란 말인가.

쓰러진 어머니를 대신해 그럭저럭 이 장사를 시작한 지 어느덧 5개월이 지났다. 그러나 살림은 나아지기는커녕 갈수록 악화되고 있었다. 아버지란 작자는 바람이 나 집을 나간 지 오래. 가계는 오로지 그녀의 수입에 의존하고 있었다.

다니던 대학교는 휴학했다. 학비를 도저히 낼 수가 없었으니까. 다달이 들어가는 어머니의 병원비와 방세를 내기만도 빠듯한 삶이었다.

"어?"

막 기기의 불을 끄려는 참이었다.

저 멀리 어둠을 가르고 누군가가 다가오고 있었다. 얼굴을 알아볼 만큼 간격이 좁아지자 여자는 눈을 동그랗게 떴다.

'무슨 일 있었나?'

상대는 채빈이었다. 오늘 낮에 기쁜 듯이 전화를 받고 뛰어가던 모습이 아직도 그녀의 뇌리에 생생하게 남아 있었다.

채빈은 한 손에 검은 봉지를 들고 침울한 낯빛으로 걸어오고 있었다. 여자는 차마 먼저 말을 걸 엄두가 나지 않아 입을 꾹 다물었다.

그런데, 채빈이 먼저 마차 쪽으로 왔다.

"아, 안녕하세요."

"영업 끝나셨어요?"

채빈이 표정만큼이나 힘없는 목소리로 물었다.

여자가 우물쭈물하고 있으려니 채빈이 말을 이었다.

"잠깐만 더 해주시면 안 될까요. 저녁 먹는 걸 깜박해서……. 빨리 먹을게요. 가스 불은 끄셔도 상관없으니까."

"네… 그, 그러세요."

채빈이 플라스틱 의자에 앉아 탁자 위에 검은 봉지를 탁, 하고 올려놓았다. 봉지 안에서 나온 것은 몇 병의 소주였다.

"컵 좀 쓸게요."

"네, 네."

채빈이 뚜껑을 따고 컵에 소주를 따랐다.

사정은 알지 못했지만 여자는 측은한 마음이 들었다. 홀로 입가에 소주를 가져가는 채빈의 표정은 더없이 쓸쓸했다.

"무슨 일이신지는 모르겠지만 힘내세요."

여자가 넓은 그릇에 오뎅 몇 개와 국물을 함께 담아 내주며 말을 건넸다. 채빈은 잠시 움직임을 멈췄을 뿐, 묵묵부답 소주를 들이켰다.

소주 1병이 얼마 지나지도 않아 동이 났다.

채빈은 곧바로 새 소주 뚜껑을 따고 따라 마시기 시작했다. 여자가 내놓은 오뎅은 거의 먹지도 않고 오로지 술만 연거푸 마시고 있었다.

"천천히 드세요. 혹시 저 때문에 그러시는 거라면 괜찮으니까요."

여자가 그렇게 말을 해도 소주를 마시는 속도는 전혀 줄어들지 않았다. 채빈은 그야말로 순식간에 2병째의 소주까지 비워버렸다. 그러더니 목울대를 잡고 마차 밑을 향해 구역질을 했다.

"크으으……!"

"괜찮으세요?"

"으, 네. 죄송합니다. 문 닫으시는데."

"아니에요. 어차피 가스도 다 뺐는데요."

채빈이 일어서서 주머니를 뒤적였다. 갖고 있는 게 만 원짜리밖에 없었다. 채빈은 지폐를 탁자 위에 내려놓고 돌아섰다.

"수고하세요."

"잠시만요. 거스름돈 받아 가셔야죠."

"그냥 받으세요. 저 때문에 늦게 들어가시는데."

늦게 들어간다고 해봤자 고작 20분 차이였다. 여자는 급한 손길로 거스름돈을 챙겨 채빈을 쫓아갔다.

"이러시면 안돼요. 여기 거스름돈이요."

"괜찮다니까요."

그러나 여자는 기어이 채빈의 주머니에 거스름돈을 억지로 넣었다. 그리고 나서야 싱긋 웃으며 말하는 것이었다.

"계산은 확실히 하셔야죠. 대신 자주 와서 드셔주세요. 그리고 그… 사정도 모르는 제가 주제넘은 말을 하는 걸 수도 있지만……."

손가락을 꼼지락거리며 망설인 끝에 여자가 어렵사리 말을 이었다.

"힘내세요. 다 잘 될 거예요."

말을 마친 여자가 도망치듯 마차로 돌아갔다.

채빈은 풀린 눈으로 장사를 정리하는 여자를 바라보다가 집을 향해 비틀비틀 발을 끌었다.

방에 도착한 채빈은 불도 켜지 않고 어둔 방 한가운데에 털썩 앉았다. 창을 통해 흘러드는 달빛이 그럭저럭 방 안을 밝혀주고 있었다.

채빈은 마지막 남은 소주를 꺼내 뚜껑을 땄다. 아직도 술기운이 부족한 것 같았다. 컵을 가지러 일어서는 일조차 귀찮은 나머지 병째로 입으로 가져가 들이켰다.

"크으으… 씨발! 써!"

채빈이 단숨에 절반가량을 비우고는 뒤로 나자빠졌다. 정우를 두드려 패긴 했지만 조금도 홀가분하지 않았다. 홀가분하기는커녕 고통스럽기만 했다.

고통의 원인은 스스로도 알고 있었다.

인정하긴 싫었지만 수치심과 열등감이었다. 자신이 평생을 노력해도 엄두조차 내지 못할 많은 것을 그놈은 태어날 때부터 이미 갖고 있었던 것이다.

어둠 속에서 정우의 모습이 둥실둥실 떠오르고 있었다. 값비싼 실크 셔츠와 넥타이, 손목에 걸린 고가 브랜드의 시계, 반사된 달빛에 눈이 부실 정도로 윤이 흐르던 구두까지. 하나도 빠짐없이 전부 다. 자신의 주먹에 얻어터져 바닥을 구를 때조차 귀티가 났던 망할 놈의 개새끼.

어느덧 그 앞에 초라하게 선 자신의 모습으로 카메라의 초점이 맞춰졌다. 낡아빠진 옷차림을 하고 서서 이를 가는 자신의 얼굴이 보기 흉하게 확대되고 있었다.

문득 채빈은 생각했다. 은효는 나를 동정하고 있었을지도 모른다고. 초라한 옷만큼이나 비루한 인생을 살아가는 나와 화려한 정우를 번갈아 비교하듯 보면서 말이다.

"씨바알!"

채빈은 튕기듯 일어나 바닥에 놓았던 소주병을 낚아채고 다시금 벌컥벌컥 들이켰다. 질끈 감은 눈 끝으로 분한 눈물이 줄줄이 새어나왔다.

"우… 우, 우웨엑!"

갑자기 토기가 올라왔다. 벽을 짚고 일어선 채빈은 코앞의 화장실까지도 가지 못하고 그 자리에서 속을 게워내기 시작했다.

"우웨에엑! 으으으…… 으ㅎㅎㅎ……!"

채빈은 토사물로 흥건해진 바닥에 무릎을 꿇은 채 오열했다. 삭막한 세상 한가운데 덩그러니 놓인 스스로가 비참하기 짝이 없었다.

"씨발, 아무것도 없어! 내가 할 수 있는 건 아무것도 없다고!"

뒤로 목을 꺾고 고래고래 소리쳤다. 다른 세입자가 살고 있었다면 당장에 신고를 했거나 찾아와서 문을 두드려댔을 정도로 외치고 또 외쳤다.

한참을 한껏 소리치고 나자 기운이 빠졌다.

채빈은 쓰러지듯 등을 벽에 기댔다. 가쁜 숨을 고르는 그의 몸 위로 여전히 은은한 달빛이 쏟아지고 있는 중이었다.

그때였다.

달빛을 보자 불현듯 드는 생각이 있었다.

─왜 아무것도 없다고 생각하는 거지?

달빛이 그렇게 물은 건 아니었다. 스스로 떠올린 생각 또한 아닌 것 같았다. 멍하니 달빛을 바라보고 있는 사이에 슬그머니 머리를 내민 생각이었다.

채빈은 가만히 눈을 감았다. 그런 채로 돌아오던 버스에서 하다가 만 생각을 계속했다.

뭘 해야 할까.

우선 술은 그만 마시고 이 토사물을 치워야겠지. 그런 다음 시원하게 샤워를 하고 내일 주유소 출근을 위해 잠자리에 들자.

아니,

다 좋지만,

그 전에 훨씬 더 중요한……

"마왕성!"

채빈이 소리치며 두 눈을 치켜떴다. 술기운이 한꺼번에 달아나는 기분이었다. 아니 어떻게, 이럴 수가 있지? 마왕성을 잊고 있었다니.

정우에 대한 분노가 너무 컸기 때문일까. 아니면 마왕성이 너무도 상식을 벗어난 존재였기 때문일까. 일상을 비집고 들어온 놀라운 세계를 온종일 새까맣게 잊어버리고 있었다.

마왕성이 있었다.

지구 최고의 부자도 갖지 못한 엄청난 공간이 내 손아귀에 있었다. 채빈은 거짓말처럼 기운을 되찾고 벌떡 일어섰다.

이대로 양치질이나 하고 자빠져 잘 수는 없는 노릇이었다. 오늘은 던전의 진입 주기가 돌아오는 날이니까. 채빈은 흥분으로 터질 것 같은 가슴을 안고 집을 나섰다.

끼이익!

지하 창고 문이 열렸다.

채빈은 구석에 세워 둔 야구 방망이를 손에 쥐고 몸을 굽혀 선반 밑으로 기어들었다. 합판을 거두고 손을 들이밀자 느껴지는 황색 돌의 감촉이 너무도 반가웠다. 웃음과 함께 눈물이 터져 나올 정도로 격하게 반가웠다.

슈우우우욱!

눈부신 빛이 채빈을 빨아들였다.

꿈이 아닌 현실로 존재하는 유토피아가 채빈의 눈앞에 펼쳐졌다. 채빈은 힘찬 발걸음을 내딛어 던전 관리소로 향했다.

가야할 던전과 목적은 명확했다.

독트로스 광산 던전.

현재까지 공략횟수 1회.

채빈은 던전으로 이동하는 마법진에 몸을 밀었다.

고작 2번째 방문이지만 던전의 구조는 뇌리에 선명했다. 채빈은 동굴의 암벽 곳곳에 숨겨진 코인을 수집하면서 부지런히 전진했다.

모든 것이 그대로였다. 한참을 직선으로 걸어간 끝에 나타난 광차와 그 너머로 쭉 뻗은 선로까지 똑같았다. 채빈은 깃털처럼 가볍게 광차로 뛰어올라 선로 위를 달렸다.

"하하하하! 아~ 하하하하!"

불어오는 바람이 시원해서 웃음이 터져 나왔다.

개미굴처럼 구불구불 이어진 암로를 달리다 보니 좀비 괴물들이 나타났다. 떼를 지어 달려드는 괴물들을 마주하자 채빈은 묘한 반가움마저 느끼고 말았다.

"반가워, 씨발아!"

채빈이 야구 방망이를 휘둘러 광차에 올라타려는 괴물을 후려쳤다.

퍼어억!

"게에에엑!"

괴물의 머리와 몸이 분리되면서 달리는 광차 뒤로 멀찍이 나가떨어졌다.

채빈은 일단 야구 방망이를 거뒀다. 전리품을 편하게 한곳에서 챙기려면 광차가 도착하고 나서 처리하는 게 좋을 것이다. 단 1구의 시체도 놓치고 싶은 마음은 없었다.

광차가 던전의 끝에 다다랐다.

채빈은 사뿐히 광차에서 뛰어내려 야구 방망이를 두 손으로 잡고 돌아섰다. 괴물들이 시야를 가득히 채우며 달려들고 있었다.

"오래 기다렸다! 날아와! 달려와! 뛰어와! 전부 펑펑 홈런을 때려줄 테니까!"

채빈이 괴물들 무리에 맞서 뛰어들었다. 뒤늦게 하나 후회되는 점이 있었다. 버려도 될 낡은 옷으로 갈아입고 왔으면 좋았을 것을.

빠아아악! 빡! 퍼버벅! 퍽!

"꾸어어어어!"

"게에에에에!"

"뭐라고?! 그래! 나도 반갑다고 하잖아!"

채빈은 마구잡이로 방망이를 휘두르며 괴물들을 후려갈겼다. 수만 많았지 여전히 힘은 약했다. 괴물들이 순식간에 피떡이 되어 사방팔방으로 튕겨나가고 있었다.

"휴우!"

두 번째여서 익숙해진 덕택에 전투는 예전보다도 훨씬 빨리 끝이 났다.

채빈은 숨을 몰아쉬면서 시체들을 수색하기 시작했다.

"좋아, 완료."

이번에도 꽤 많은 코인을 비롯해 출구 열쇠까지 틀림없이 획득했다. 허리를 펴고 일어선 채빈의 입가엔 미소가 듬뿍 담겨 있었다.

'오늘은 무슨 보상일까.'

뭐라도 좋으니까 자신이 사용할 수 있는 마법이라면 좋겠다는 바람이 다시금 솟아났다. 부푼 기대감으로 열쇠를 쥔 손이 바들바들 떨려왔다.

철컥!

채빈이 철문을 열고 보상 공간으로 들어섰다.

빛을 흩뿌리는 원형 마법진 옆으로 작은 갈색 나무상자가 놓여 있었다. 채빈은 두 손으로 상자를 잡고 힘껏 열었다.

아쉽게도 이번엔 금은 없었다.

설명서인 양피지 한 장, 검은 가죽으로 된 책자, 그리고 끈으로 묶인 파란색 책자 2권이 상자 속에 가지런히 담겨져 있었다.

채빈은 우선 양피지 설명서부터 펼쳤다.

〈상자 보상 안내〉

1. 텔레키네시스 마법서
—종류:1서클 마법서적
—산지:로쿨룸 대륙
—설명:마나의 기운으로 물질을 움직이는 보편적인 마법. 3서클 이상의 마나를 갖춰야 무리없이 사용 가능하다. 책을 펼치면 습득할 수 있다.
—요구 조건:1서클 이상의 마나

2. 에나의 달콤한 소스 제조 마법서

—종류:1서클 마법서적

—산지:로쿨룸 대륙

—설명:드워프 연금술사 에나가 개발한 달콤한 소스 제조 마법. 신원 미상의 흑마법사에 의해 마법서로 대량생산되어 비공식 상인 길드들을 통해 유통되었다. 에나는 제조법이 유출되었다는 사실에 큰 충격을 받고 공방을 폐쇄한 상태이다. 책을 펼치면 습득할 수 있다.

—요구 조건:1서클 이상의 마나

3. 로이드 모빅의 소환마법서

—종류:일반서적

—산지:로쿨룸 대륙

—설명:대마법사 로이드 모빅이 창안한 소환입문서. 정령의 힘을 빌리지 않고 직접 소환수를 제조해 사역하는 점이 특징. 1서클 마나에서부터 최고 5서클 마나를 갖춘 자까지 폭넓게 활용할 수 있다.

—요구 조건:로쿨룸 대륙 공용어, 1서클 이상의 마나

"대박!"

텔레키네시스 마법서를 보고 터뜨린 외침이었다.

정신으로 물체를 조종하는 초능력자 이야기라면 TV와 인터넷을 통해 숱하게 접했다. 순전히 거짓말이라고 여기면서도 누구나 소망할 법한 놀라운 힘이 지금 보상으로 주어진 것이다.

채빈은 참지 못하고 텔레키네시스 마법서를 봉한 끈을 풀었다. 어찌나 마음이 급한지, 당장 쌀 것 같은데 대변기 앞에서 벨트를 풀 때처럼 손가락이 자꾸만 꼬였다.

슈우우욱!

책을 펼치자마자 빛이 솟구쳤다.

빛은 작은 소용돌이가 되어 채빈의 눈앞으로 솟구쳤다. 수천수만의 깨알 같은 글자들이 소용돌이 속에서 몰아치고 있었다.

"으흡!"

글자들이 채빈의 눈으로 파고들었다.

사지를 버둥거리면서도 채빈은 느낄 수 있었다. 화살처럼 뇌리를 관통하고 있는 텔레키네시스 마법의 비전이 똑똑히 느껴졌다.

10초가량 지나자 빛이 자취를 감추었다.

채빈은 식은땀을 흘리며 멍하니 서서 숨을 몰아쉬었다. 지금 그의 눈은 눈앞이 아닌 자신의 머릿속을 들여다보고 있었다. 각인되어 있는 텔리키네시스 마법의 비전을 읽고 있었다.

"맙소사, 내가 이 마법을 송두리째 꿰고 있어!"

채빈이 혼자 소리쳤다. 텔레키네시스 마법의 비전의 양은 엄청났다. 그런데 고작 책 한 번 펼친 것으로 이 많은 분량을 완벽하게 습득한 것이다.

채빈은 당장 배운 마법을 시험해 보기로 했다. 보상들을 바리바리 챙겨 집으로 돌아와서는 마법을 시험할 만한 물건을 눈으로 찾았다.

'혹시라도 집에 있는 물건은 망가지면 안 되니까.'

제대로 힘을 다룰 수 있을지 검증이 안 된 상황이다. 채빈은 아예 집 건물에서 나와 뒤꼍으로 향했다. 거기에서 쓰레기 더미 옆에 버려져 있던 고철 TV를 발견했다.

'이걸로 해보자.'

채빈이 TV 앞으로 가 섰다. 가만히 TV를 바라보는 한편 머릿속을 유영하고 있는 텔레키네시스의 비전을 되뇌었다.

―텔레키네시스, 발동.

쿠우우우우!

고철 TV를 아우른 공기가 파르르 떨렸다.

채빈의 부릅뜬 시선이 서서히 위로 올라갔다. 그에 맞춰 TV도 허공으로 두둥실 떠오르고 있었다.

'되, 된다! 진짜로 되고 있어!'

두 다리가 후들거려서 채빈은 제대로 서 있기도 힘들었다.

이게 정말 내 힘으로 벌어지고 있는 현상이란 말인가.

꿈이 아니었다. 지금 분명히 마법을 사용한 것이다. 현대 과학으로 설명 자체가 불가능한 언어도단의 힘을 자신이 발휘한 것이다.

'아! 내가……!'

이 내가 마법사다!

채빈은 TV가 떠오른 머리 위의 밤하늘을 우러러보며 껴안듯이 두 팔을 펼쳤다.

달빛 주위의 별들이 어슴푸레 반짝이며 채빈을 축하하고 있었다. 더욱 환호하라! 아랫배를 울리며 시작된 찌릿한 쾌감이 허벅지를 지나 종아리까지 관통하며 울리고 있었다.

TV가 거의 건물 2층 높이까지 올라갔을 때였다.

"으흡?!"

갑자기 채빈이 숨을 확 들이마셨다. 급기야 눈꺼풀이 벗겨질 정도로 두 눈을 치켜떴다. 채빈은 흰자위만 남긴 채 까뒤집힌 두 눈으로 학질 걸린 사람처럼 온몸을 덜덜 떨기 시작했다.

"끄으으으……! 아, 아파!"

채빈이 한 손으로는 머리를, 다른 한 손으로는 심장을 부여잡고 비틀거렸다. 묵직한 통증이 머리와 심장 양쪽을 번갈아 울려댔다.

채빈은 자각하지 못했던 것이다. 지금 자신은 텔레키네시스 마법을 무리없이 사용할 마나와 자질을 갖추지 못한 상태였다는 것을.

쿠우웅!

털썩!

TV가 먼저 곤두박질을 치고 채빈이 뒤를 따라 앞으로 고꾸라졌다. 땅에 코를 처박은 채 채빈은 그대로 기절해 버렸다. 누런 게 묻은 휴지가 바람을 타고 날아와 그의 뒤통수를 스쳐가고 있었다.

제4장

붕어빵

이계
마왕성

"죄송합니다. 갑자기 몸이 너무 안 좋아서요. 네네, 오전에만 좀 쉬었다가 1시까지 나갈게요. 아니에요, 오후부턴 할 수 있어요. 네, 사장님. 이따 뵙겠습니다."

전화를 끊은 채빈은 앓는 소리를 내며 돌아누웠다. 벌써 아침 7시였다. 뒤뜰에서 기절한 상태 그대로 홀딱 밤을 새고 이제 막 방으로 돌아온 참이었다.

컨디션이 엉망이었다. 몸살이 든 것처럼 온몸이 욱신거렸다. 그래서 결국 오전 일을 쉬기로 했다. 시작한지 얼마 되지도 않아 이러는 게 미안하긴 했지만 도저히 당장 나갈 수 있는 상태가 아니었다.

'좀 작은 것부터 연습을 해봐야겠어.'

채빈은 마른입에 생수를 한 모금 머금고 어제의 실수를 되새겼다. 지금 자신의 능력으로는 TV 하나 제대로 움직이기조차 너무 크고 벅차다는 것을 인정했다. 마나의 사용에 익숙해질 때까지는 더 작은 것으로 연습하는 게 좋으리라.

'다른 것들이나 시험해 볼까.'

어제 획득한 보상은 텔레키네시스 마법 하나만이 아니었다. 에나의 달콤한 소스 제조 마법과 로이드 모빅의 소환마법서라는 녀석이 아직 남아 있었다.

채빈은 우선 로이드 모빅의 소환마법서부터 살펴보기로 했다. 그러나 소환마법서를 펼쳐 보니 안에는 모르는 글자들이 빼곡할 뿐이었다.

'뭐냐, 이건.'

채빈이 양 뺨의 광대뼈를 실룩거렸다.

아무 일도 일어나지 않았다. 눈부신 빛이 솟구치면서 마법으로 뚝딱 책의 내용이 주입되는 것도 아니었다. 그저 온통 읽을 수 없는 글자로만 채워진 평범한 책일 뿐이었다.

채빈은 상자 보상 양피지에 적혀 있던 설명을 떠올렸다. 그러고 보니 이 소환마법서의 종류는 마법서적이 아니라 일반서적이었다. 더불어 로쿨룸 대륙 공용어라는 것이 요구 조건으로 명시되어 있었다.

'그 말부터 배워야 읽을 수 있을 것 같은데.'

채빈이 소환마법서를 방구석에 고이 밀어놓았다. 필요한 언어를 배워서 읽을 수 있게 되기 전에는 더 잡고 있어봤자 소용이 없을 것 같았다.

'남은 건 이거 하난가.'

채빈은 에나의 달콤한 소스 제조 마법서를 손에 쥐었다. 솔직히 마뜩찮았다. 기껏 배운 위대한 마법으로 깨작깨작 요리나 하고 싶은 마음은 들지 않았던 것이다. 보통 남자들이 그렇듯 채빈 역시 요리라는 것 자체에 별반 관심이 없었다.

어쨌든 기왕에 얻은 보상이었다. 최소한 배워둔다고 손해가 되지는 않으리라. 채빈은 벽을 등지고 앉아 허벅지 위에 책을 내려놓았다.

"왜 이렇게 세게 묶였어?"

채빈이 투덜거리며 책을 봉한 끈을 풀었다. 그때까지만 해도 채빈은 이 마법서가 얼마나 굉장한 선물이 될지를 전혀 실감하지 못하고 있었다.

슈우우욱!

책을 열자 솟구치는 빛줄기가 이제는 익숙했다. 채빈은 평안한 자세로 파고드는 빛과 글자들을 머릿속에 받아들였다.

'으흠, 이게 비전이란 말이지?'

새로운 마법의 비전이 머릿속에 새겨졌다.

텔레키네시스에 비해 비전은 매우 간단했다. 채빈은 당장 시험해 볼 생각을 하고 일어섰다. 시험에 필요한 준비물은 그 비전만큼이나 지극히 간단한 것들뿐이었다.

'일단 설탕이랑 물을 준비하고······.'

채빈은 소스 제조 마법의 비전에 따라 찬장을 열고 양은냄비를 꺼냈다. 냄비 안에 물 1컵과 설탕 5숟갈을 넣고 녹아들도록 휘휘 저었다.

'정말 이런 걸로 마법의 소스가 만들어지나?'

채빈은 심히 미심쩍다는 눈빛으로 냄비 안을 내려다보고 있었다. 얼마간 맹렬하게 젓고 나니 설탕이 거의 물에 녹아들었다.

'이제 접촉을 하라고 했지?'

채빈이 숟가락을 내려놓고 설탕물에 한 손가락을 담갔다. 그 상태 그대로 멈춘 채 머릿속으로 정신을 집중시켰다.

―에나의 달콤한 소스, 발동.

슈우우우우!

마나의 기운이 솟구쳤다. 심장에서 발현된 마나가 팔을 타고 내려와 손끝을 통과해 설탕물 속으로 스며들고 있었다.

부글부글!

불을 올린 것도 아닌데 설탕물이 끓기 시작했다.

채빈은 뜨악해서 손을 빼려다가 마음을 가다듬고 자세를 유지했다. 펄펄 끓고 있는데도 손가락은 조금도 뜨겁지가 않았던 것이다.

잠시 후.

맑았던 설탕물이 거무죽죽한 빛깔로 변하기 시작했다. 곧이어 물이 숫제 죽처럼 걸쭉해지는가 싶더니 달콤한 향내가 코를 찔러왔다.

'끝인가?'

부글거리며 수면을 뚫고 올라오던 기포가 멈췄다.

채빈은 냄비에서 손가락을 거두고 두통이 생겨난 머리를 싸맸다. 텔레키네시스 마법을 사용할 때만큼 심한 두통은 아니어서 그럭저럭 견딜 만했다.

'맛을 봐야겠지?'

거무죽죽한 소스를 보고 있자니 어째 기분이 꺼림칙했다. 채빈은 새끼손가락으로 소스를 살짝 찍어 혀로 가져갔다.

"이럴 수가!"

혀에 소스가 닿자마자 채빈이 소리쳤다. 하악골이 분리된 사람처럼 아래턱을 좌우로 부들부들 떨면서 채빈은 한입 가득 소스를 퍼 넣었다.

"씨발! 졸라 맛있잖아!"

입안의 소스가 후드득 튀어나와 찬장과 싱크대를 더럽혔

다. 입맛이 없어서 잊고 있었던 허기가 뱃속 가득 들이닥치고 있었다.

채빈은 냉장고 문을 벌컥 열고 넣어 두었던 식빵 봉지를 꺼냈다.

아아, 식빵에 이 소스를 발라 먹으면 얼마나 맛있을까. 채빈은 미친 사람처럼 봉지를 앞니로 물어 찢고 식빵을 꺼내 소스를 발랐다. 식빵에 소스를 바르고 있는 그 찰나의 시간이 견디기 버거울 정도였다.

식빵 양면이 소스로 질펀해졌다. 채빈은 걸쭉한 소스가 뚝뚝 떨어지는 식빵을 들고 입안 가득히 쑤셔 넣었다.

"으ㅎㅎㅎ……!"

채빈이 볼을 한껏 부풀린 채 입을 무서운 기세로 우물거리며 웃었다. 손은 벌써 2장 째의 식빵에 소스를 흠뻑 발라대는 중이었다.

식빵은 총 20장이었다.

열흘 정도의 아침 식사를 충분히 해결할 수 있는 양이었다. 그 많은 빵을 채빈은 앉은 자리에서 남김없이 먹어치워 버렸다.

"우, 우억!"

기어코 채빈은 터질 것처럼 부푼 아랫배를 부여잡고 뒤로 쓰러졌다. 그 상태로 손끝 하나 까닥이지 못하고 거의 2시간

동안을 물 잃은 붕어처럼 헐떡거려야 했다.

세상에 이런 환상적인 맛이 다 있다니!

폭식으로 인한 뱃속의 난리가 점차 멎어가면서 채빈은 가슴 깊이 감탄했다. 태어나서 20년을 사는 동안 이토록 환상적으로 달콤한 맛은 처음이었다.

과연 마왕성이라는 생각이 들었다. 빵에 발라먹는 소스 하나조차 이토록 격이 다르다니. 채빈은 마왕성을 얻은 행운을 새삼 만끽하며 방 여기저기로 제 몸을 굴려댔다.

식빵보다 더 맛있게 먹을 수 있는 방법은 없을까.

밥에 비벼 먹어볼까도 했지만 역시 그건 좀 아니지 싶었다. 아무리 맛이 좋다고 해도 달달한 소스니까.

예전에 TV 쇼에서 소개됐던 설탕물밥이라는 것을 만들어 먹어본 적이 있었다. 찬물에 밥을 말아 설탕을 뿌려 달콤하게 먹는 것인데, 두 번 다시 만들어 먹은 적은 없었다.

이런저런 생각을 하며 뒹굴다 보니 어느덧 출근을 준비해야 할 시간이 되었다. 채빈은 욱신거리는 몸을 달래며 일어나 옷을 챙겨 입고 집을 나섰다.

'아직 안 열었나.'

붕어빵 마차가 닫힌 채였다. 채빈은 아쉬운 마음으로 외로이 선 마차를 지나쳤다. 어젯밤의 실례를 사과하고 싶었는데……

"너무 아프면 아예 하루 쉬라니까."

"아니에요, 정말 이제 괜찮아요."

사장의 만류에도 불구하고 채빈은 성실히 아르바이트를 시작했다. 동료 직원 세만이 차에 주유기를 꽂다 말고 손을 들어 채빈을 반겼다.

"몸은 좀 괜찮아?"

"네. 죄송해요, 형. 저 때문에 바빴죠?"

"너 하나 빠졌다고 티도 안 나. 설렁설렁해."

움직일수록 점차 무딘 몸이 풀리고 있었다. 채빈은 세만에게 미안한 마음만큼 열심히 일했고, 그럭저럭 탈 없이 아르바이트를 마쳤다.

'뱃속에 거지새끼가 들었나.'

아침에 식빵 20장을 먹었는데도 아르바이트를 끝내고 나니 배가 고팠다. 들어가는 길에 식빵이나 잔뜩 사 가지고 가서 소스 발라 모조리 먹어야지. 채빈은 주유소를 나와 집을 향해 걸으며 싱글벙글 웃었다.

사거리의 종합병원을 지나칠 때였다.

'어?'

채빈이 흠칫 몸을 숙였다.

한 여자가 병원 현관의 벤치에 무릎을 세우고 쪼그려 앉아 있었다. 채빈의 집 앞에서 매일같이 붕어빵 장사를 하고 있는 바로 그 여자였다.

여자는 울고 있었다.

자꾸만 흘러내리는 눈물을 주체하지 못해 손등으로 얼굴을 훔치고 있었다. 지나가는 사람들마다 그녀를 힐끗힐끗 쳐다보고 있었다.

'무슨 일이지?'

가족 중 누군가가 병으로 입원이라도 한 것일까.

채빈은 망설이고 있었다.

그냥 지나쳐가기엔 슬피 우는 모습이 마음에 걸렸다. 하지만 한편으로 생각해 보면 이제 겨우 안면만 익힌 사이다. 괜히 말을 붙였다가 도리어 불쾌감을 사게 될지도 모르는 일 아닌가.

그때 문득, 어젯밤 여자에게 들었던 한마디가 아련하게 귓가를 울렸다.

"힘내세요."

여자는 분명한 어조로 자신에게 힘내라는 위로를 건넸었다. 어젯밤에는 경황이 없어 느끼지 못했던 부분이었다. 지금 이렇게 돌이켜 보니 그 말은 참 따뜻했었다.

거기까지 생각하고 나니 도저히 그냥 지나칠 수가 없었다. 채빈은 주위를 두리번거린 끝에 자판기 하나를 발견하고 그리로 발길을 서둘렀다.

"저기요."

자신을 부르는 소리에 여자가 고개를 들었다.

채빈이 바로 곁에 앉아 있었다. 여자는 황급히 젖은 제 얼굴을 옷소매로 문질렀다.

"아, 안녕하세요."

"안녕하세요."

"무슨 일로……?"

"그냥 지나가다가요. 커피 한잔하실래요?"

채빈이 캔 커피를 불쑥 내밀었다.

여자는 퉁퉁 분 눈을 동그랗게 떴다. 그것뿐, 좀처럼 캔 커피를 받을 기미가 없었다.

"그러니까 그게……."

채빈이 말끝을 흐리며 여자의 다리 옆에 캔 커피를 내려놓았다. 첫 마디를 뭐라고 꺼내야 할지 잠시 생각한 다음 채빈은 괜한 헛기침을 곁들여 말을 이었다.

"어제 죄송했습니다."

"뭐가요?"

"저 때문에 영업 늦게 끝나게 돼서요."

비로소 여자가 엷게나마 웃으며 손을 내저었다.

"괜찮아요. 고작 20분이었는데요."

"아니, 그래도 죄송한데."

"정말 괜찮아요. 신경 쓰실 거 없어요."

"아, 네."

짧은 대화 끝으로 다시금 정적.

채빈은 어색해서 정신이 나갈 것 같았다. 실상 은효를 제외하면 여자와 제대로 대화를 해본 경험이 거의 없었다.

슬슬 일어나서 인사하고 가 버릴까. 채빈이 고민하는 찰나 다행히 여자가 먼저 말을 붙였다.

"저, 하재경이라고 해요."

"네?"

"제 이름이요. 하재경이에요."

채빈이 비스듬하게 고개를 까딱 숙여 보였다.

"저는 채빈이요. 이채빈."

"학교 다녀오시나 봐요?"

재경이 미소를 띠고 물었다. 바야흐로 대화의 물꼬가 트였다는 느낌이 왔다. 채빈은 즉각 고개를 내저으며 지금까지보다 조금 큰 목소리로 대답했다.

"학교는 아니고요. 아르바이트 갔다 왔어요."

"아, 혹시 아직 고등학생이세요?"

"그럴 리가요. 20살이요."

"어머."

재경이 손으로 제 입을 가리며 놀란 시늉을 했다.

"그렇게 안 보이는데. 아아, 좋은 뜻이에요. 동안이라고, 동안. 후후후."

"아하하."

채빈은 수줍은 듯이 뒷머리를 긁적이며 살짝 웃었다. 그리고 생각했다. 이 여자는 몇 살일까. 말투를 보면 어쩐지 누나일 거라는 생각이 들지만.

"저는 23살이에요."

속마음을 읽기라도 한 것처럼 재경이 말했다. 채빈은 일부러 과장되게 놀란 척하며 뒤로 몸을 슬쩍 뺐다.

"와, 저는 저보다 어릴 줄 알았는데요."

"너무 티 나는데요. 역효과거든요, 그거?"

"아하하."

"기분은 좀 괜찮아졌어요?"

재경이 어젯밤 일을 두고 그렇게 물은 순간 채빈은 자신이 지금 그녀에게 접근하게 된 경위를 떠올렸다. 어째서 그냥 지나칠 수 없었는지를.

"네, 괜찮아졌어요."

채빈이 활기차게 대답했다. 지금 자신의 기분은 충분히 괜찮았다.

하지만 재경은 괜찮지 않을 것이다. 그러니까 병원 앞에서 남들 시선에 아랑곳없이 홀로 울고 있었을 것이다.

"휴, 좀 쌀쌀하네."

재경이 벤치에서 일어섰다. 그녀는 엉덩이에 묻은 먼지를 채빈 앞에서 대수롭지 않게 탁탁 털어내더니 따지 않은 캔 커피를 집어 채빈에게 건넸다.

"이거 가져가세요."

"아, 드시라고 드린 건데."

"저 커피 안 좋아하거든요."

"아……."

채빈의 얼굴이 민망함으로 빨개졌다. 여자들이라면 누구나 커피를 좋아할 거라고 막연히 생각했었다. TV에 나오는 여자들이 온종일 커피를 들고 다니면서 때와 장소 안 가리고 줄기차게 마셔대니까.

"근데 술은 좋아해요."

"네?"

전혀 의외의 말에 채빈이 고개를 홱 들었다. 재경은 오므린 입술을 실룩이며 웃고 있었다.

"시간 괜찮으면 한잔할래요?"

재경의 웃음이 너무 예쁘고 친근해서 채빈 역시 무심코 웃고 말았다. 시간 괜찮으냐고요? 시계를 들여다볼 것도 없습니다. 어차피 들어가 봤자 할 일도 없는 놈이니까요.

"저야 괜찮은데, 오늘 장사 안 하셔도 돼요?"

"하루쯤 공치면 어때서요. 어차피 잘 팔리지도 않는데. 가요."

"어디로 가죠? 저 여기 온 지가 얼마 안 돼서."

"제가 싸고 맛있는 곳 알아요."

재경이 당당하게 앞장을 섰다.

채빈은 얼떨떨한 기분으로 그 뒤를 따랐다. 따라가면서 생각해 보니 누군가와 함께 술을 마시게 된 것도 오늘이 처음이어서 기분이 묘했다.

"여기예요."

재경이 채빈을 데리고 간 곳은 지하의 작은 민속 주점이었다. 그녀의 말마따나 싸고 맛있는 곳이기 때문인지 아직 이른 시각임에도 불구하고 많은 손님들로 북적이고 있었다.

구석의 둥근 쇠판에 마주 앉으며 재경이 물었다.

"술은 뭐가 좋으세요?"

"전 아무거나 다 좋아요."

"에이, 그런 게 어딨어요?"

"진짜 뭐가 됐든 좋아요. 술이랑 안주랑 좋은 걸로 시키세요."

재경은 배시시 웃으며 손을 치켜들었다.

"그럼 알아서 맛있는 걸로 시킬게요. 이모! 해물파전이랑 소주주세요!"

"알았어! 금방 해다 줄게!"

이모란 사람은 정말 눈 깜짝할 사이에 지글거리는 해물파전과 소주를 1병 내왔다. 채빈과 재경은 잔 가득 술을 따르고 잔을 부딪쳤다.

"만나서 반가워요."

"네, 저도요."

겨우 술 한 잔에 기분이 알딸딸해졌다.

편안함 속에서 마음이 적당히 풀어지고 있었다. 서울에 와서 이토록 친근한 감정을 느끼는 건 처음이었다.

어느새 채빈은 쌓여 있던 속 얘기를 재경에게 시시콜콜 늘어놓고 있었다. 스스로도 신기할 만큼 할 말이 술술 흘러나왔다.

비단 술의 힘 때문만은 아닐 것이다. 재경은 맑은 두 눈을 이따금 깜박이며 열심히 이야기를 들어주고 있었다.

"…그래서 졸업하자마자 올라오게 된 거예요."

"혼자 살면 힘들지 않아?"

재경도 이제는 친동생 대하듯 채빈에게 말을 놓고 있었다.

"전혀요. 완전 편해요. 더러운 꼴 볼 것도 없고 제 마음대로 할 수 있으니까. 일해서 돈 모으면서 이것저것 공부도 하고 그렇게 살 생각이에요."

"좋겠다."

재경이 두 손으로 턱을 괴고 한숨을 내쉬었다.

채빈은 묻지 않았다. 좋겠다고 하는 그녀의 말이 뭘 뜻하는지 이미 들어 알고 있는 참이었다.

"빨리 엄마 퇴원했으면 좋겠어. 엄마도 다시 건강해지고, 나도 하던 공부 이어서 하고 제대로 직장 잡고 돈도 벌고."

"다 잘 될 거예요."

"그래, 그랬으면 좋겠어. 그러려면 돈을 많이 벌어야 되는데. 나쁜 구청 공무원들. 왜 나만 못살게 구는지 모르겠어."

"지금 우리 집 앞 그 자리에선 그렇게 장사가 안돼요?"

"심해. 심하게 안 돼. 아르바이트 최저시급만큼만 벌어도 다행이게."

재경의 이야기를 들으면서 채빈은 오른쪽 귓불을 힘껏 잡아당겼다. 사실 아까부터 옆자리 손님들의 대화가 심하게 거슬리던 터였다.

"씨발, 그래서 넌 또 따먹었냐?!"

"니미럴, 내가 미쳤냐? 좆나 그런 걸레를."

"아하하하하!"

마주앉은 두 남자가 큰 목소리로 음란한 대화를 나누고 있었다. 같은 남자인 채빈이 듣기에도 심하게 민망할 정도로 도를 넘은 대화였다.

재경은 의식하지 않는 척 태연한 표정을 하고 있었다. 하지만 거기에도 한계가 있었다. 아무렇지 않은 듯 대화를 하다가도 옆자리에서 심하게 낯 뜨거운 단어가 튀어나올 때면 민망함으로 몸을 흠칫흠칫 떨었다.

'씨발새끼들이……!'

채빈이 곁눈질로 남자들을 노려보았다. 저희들 집 안방이 아니라 많은 사람들이 함께 이용하는 술집이다. 어째서 세상에는 이토록 남을 배려할 줄 모르는 놈들이 넘쳐나는 걸까.

때마침 남자 하나가 동동주 사발을 들어 입으로 가져가고 있었다. 그 모습을 보자 채빈의 뇌리에 강렬한 비전이 예고도 없이 몰아쳤다.

그리고…….

채빈은 망설임없이 그 비전을 받아들였다.

─텔레키네시스, 발동.

"어억?!"

남자가 제 입에 댄 사발이 확 치켜 올라갔다. 가득 고여 있던 동동주 한 사발이 남자의 얼굴 위로 몽땅 쏟아졌다.

"푸우웁!"

"야, 너 취했냐?!"

막걸리를 뒤집어 쓴 남자를 보고 친구가 삿대질을 하며 낄낄거렸다. 그러나 그 친구가 웃을 수 있는 것도 딱 거기까지였다.

콱!

"우왁!"

이번엔 상 위의 냄비가 중력을 무시하고 튀어 올랐다. 냄비 안에는 조금 전까지 끓고 있던 짬뽕탕이 가득했다. 남자는 피할 새도 없이 뜨겁고 빨간 국물을 온몸으로 받아들였다.

"갸아아악! 뜨거! 아악, 매워! 내 눈!"

남자가 빨갛게 물든 얼굴을 두 손으로 싸매고 고꾸라지더니 바닥을 데굴데굴 굴렀다. 갑작스런 난리에 시끌벅적하던 주점이 쥐 죽은 듯이 조용해졌다.

"으으으...... 이, 일단 씻으러 가자!"

막걸리를 뒤집어쓴 남자가 쓰러진 친구를 부축해 화장실로 데리고 사라졌다. 짬뽕탕을 뒤집어쓴 친구는 화장실 모퉁이 너머로 사라질 때까지 계속 얼굴을 비비며 울부짖고 있었다.

"쌤통이다, 그치?"

재경이 입술을 달싹여 작은 소리로 말했다. 채빈은 텔레키네시스 마법의 부작용으로 치밀어 오르는 두통을 숨기며 억지스레 웃어보였다.

"그러게요."

진상 손님 둘은 대충 얼굴을 씻고 화장실에서 나오더니 계산을 하고 주점을 나가버렸다. 덕분에 다시 차분하고 편안한 자리가 만들어졌다.

채빈과 재경은 즐거운 대화를 재개했다. 시간 가는 줄을 모르고 이런저런 사는 얘기를 늘어놓았다.

'벌써 이렇게 마셨네.'

들어온 지가 이제 고작 2시간 정도 되었을까. 상 구석에 흐트러진 빈 병이 벌써 4병이었다.

"왜? 술값 걱정돼?"

재경이 실실 웃으며 물었다.

채빈이 병에서 시선을 떼고 고개를 저었다.

"아니요. 너무 빨리 마시는 것 같아서."

"걱정 마, 다 내가 낼게."

채빈이 인상을 가볍게 찌푸렸다.

"그런 걱정 안 했어요. 제가 낼게요."

"누나가 낸다니까. 이 정도 낼 돈은 있어. 붕어빵이 아무리 안 팔려도 이 정도 술값 낼 만큼은 벌어."

"하하하."

"웃어? 내가 만든 붕어빵 맛있잖아?"

"맞아요. 맛있어요."

"거짓말."

"정말이에요."

재경이 벽에 머리를 기대며 푸념을 했다.

"완전 맛있는 붕어빵을 만들 순 없을까. 맛있다는 소문이 나서 멀리서도 손님들이 몰려오게……."

채빈은 씁쓸한 표정으로 잔을 들었다. 진심으로 그랬으면 좋겠는데. 하지만 지금의 그런 외진 장소에서 무슨 수로 손님을 불러들일 수 있을까.

'어?'

채빈이 눈을 크게 떴다. 아침에 퍼먹었던 식빵들이 날개라도 달린 것처럼 채빈의 눈앞을 날아다니고 있었다.

완전 맛있는 붕어빵?

외진 장소라도 손님들이 몰려올 그런 붕어빵?

'그래, 붕어빵이야!'

마법으로 만든 소스의 맛이 혀 위에 되살아났다.

왜 그걸 나 혼자만 처먹을 생각을 했지? 내 혀에만 맛있는 소스일 리 없다. 누구라도 이 소스를 맛보면 정신을 차리지 못할 텐데!

붕어빵을 만들어 팔면 대박이 날 것이다. 꼭 붕어빵이 아니더라도 관계없다. 국화빵이든 계란빵이든 똥빵이든 미소녀

빵이든 간에 이 소스를 덕지덕지 발라 팔기만 하면 사상 초유의 초대박이 날 것이다!

"갑자기 표정이 왜 그래?"

재경이 벽에서 머리를 떼고 물었다. 채빈은 그녀의 얼굴을 뚫어져라 바라보며 흥분된 목소리로 말했다.

"누나, 지금 우리 집에 가요."

"어?"

재경의 두 뺨에 홍조가 일었다. 그녀는 머리칼과 함께 두 눈을 늘어뜨리더니 허벅지 위에서 손가락을 꼼지락거렸다.

"네 집에 가자고?"

"보여줄 게 있어서 그래요, 네?"

"어? 어… 그게……."

재경은 곁눈으로 채빈을 몇 번이나 살피듯이 보더니 더듬더듬 물었다.

"작업이라면 진도가 너무 빠른 거 아냐?"

"네? 아니… 그런 게 아니고!"

채빈이 손바닥으로 상을 내려쳤다.

"누나한테 보여줄 게 있어서 그렇다니까요."

"보여줄 게… 뭔데?"

"지금 말하기가 좀 애매해요. 여튼 가서 직접 보면 누나도 엄청 좋아할 거예요. 긴 말할 거 없이 일단 가요. 어차피 누나

집도 우리 집 쪽이잖아요."

"그건 그런데……! 자, 잠깐만!"

채빈은 더 듣지도 않고 일어서서 카운터로 가더니 계산을 치렀다. 재경이 가방을 챙겨 부랴부랴 뒤따랐다.

"내가 계산한다니까."

"됐어요, 그건."

"처, 천천히 좀 가면 안 돼?"

"얼마 안 되잖아요."

"술 마셔서 힘들단 말이야."

"그럼 택시 잡을까요?"

"아냐! 이 거리에 택시는 무슨."

재경은 부지런히 걸었지만 채빈의 속도를 따를 수는 없었다. 채빈이 급한 마음을 누르고 발걸음을 늦췄다. 그렇게 평소보다 배 이상의 시간을 들여 집에 도착했다.

"들어가세요."

채빈이 현관을 활짝 열며 말했다. 재경은 아직도 문간에서 가방을 꼭 쥔 채 우물쭈물하고 있었다. 보다 못한 채빈이 재경의 등을 살짝 떠밀었다.

"들어가시라니까요."

"시, 실례할게."

재경은 쭈뼛거리며 안으로 들어와서도 신발을 바로 벗지

못하고 주위를 두리번거렸다. 그리고 내심 크게 놀랐다. 유령의 집처럼 을씨년스러운 외관과는 전혀 다른 풍경 아닌가. 복층구조로 된 원룸 내부는 무척이나 깔끔했다.

"뭐해요?"

"어, 지금 들어가."

재경이 방으로 들어가 바닥에 다리를 비스듬히 하고 앉았다. 치마가 아닌 청바지라서 다행스럽다는 생각을 하면서. 채빈을 딱히 경계하는 건 아니었지만 그래도……

"자, 이거예요."

채빈이 재경의 맞은편에 앉으며 양은냄비를 내려놓았다. 냄비 안에 든 건 아침에 먹고 남은 마법의 소스 소량이었다.

"이게 뭐야? 잼이야?"

"일단 맛을 보세요."

채빈이 숟가락을 내밀며 권했다. 재경은 숟가락을 받아들고 머뭇거렸다. 딸기잼은 아닌 것 같고 그럼 포도잼? 아니, 포도잼이라고 하기에도 빛깔이 심하게 거무죽죽하다.

"맛을 보시라니까요. 이상한 거 아니니까."

"아, 알았어."

재경이 숟가락 끝을 이용해 살짝 소스를 떴다. 그리고는 채빈과 시선을 마주한 채 조심스레 입안에 밀어 넣었.

바로 그 직후.

"우, 우와! 이거 뭐야?"

"누나도 맛있어요?"

재경은 숟가락 가득 소스를 퍼 올리면서 고개를 힘차게 끄덕였다.

"장난 아냐! 이거 어떻게 만들어? 무슨 소스야?"

채빈은 목울대를 누르고 터지려는 탄성을 막았다. 일단 하나는 확실하게 증명되었다. 내 입에만 맛있는 괴상한 소스는 아니었던 것이다.

이제 본론으로 들어가야 할 시간이었다. 채빈은 재경이 냄비의 얼마 남지 않은 소스를 다 긁어먹을 때까지 기다렸다가 진중한 음성으로 물었다.

"누나, 동업할래요?"

"동업?"

재경이 감을 잡지 못하고 되물었다. 채빈은 집에 오는 동안 미리 준비했던 대사를 그녀에게 늘어놓았다.

"이 소스로 붕어빵을 만들어서 팔자고요. 누나도 맛있다고 했잖아요. 이걸로 붕어빵 만들어서 팔면 엄청나게 잘 팔릴 거예요."

"그건 그렇지만… 어째서?"

"어째서라니요?"

"아니, 다른 뜻은 아니고. 네가 혼자서 장사해도 될 텐데

굳이 왜 나하고……."

채빈은 단박에 재경의 심중을 읽었다. 미안해하고 있는 것이다. 어쩌면 동정받고 있는 것이라고 생각할지도 모르는 일이다.

재경이 남에게 의지할 성격이 아니라는 건 채빈도 확실히 알고 있는 참이었다. 채빈은 그 점을 염두에 두고 급히 말을 이었다.

"저는 장비도 없잖아요. 그리고 솔직히 당장 잘 팔릴지 안 팔릴지 검증도 안 됐는데 저한테는 모험이죠."

"으흠……?"

"아무튼 더 고민하지 말아요. 이건 누나랑 저랑 윈윈이라고요. 고민할 게 뭐가 있어요?"

채빈에게도 조금은 속셈이 있었다.

직접 장사를 하려면 당연히 그만큼의 시간을 투자해야만 한다. 그러나 채빈은 그러고 싶지 않았다. 마왕성 때문에라도 시간에 얽매일 일과는 가능하면 배제하고 싶었던 것이다.

재경과 동업을 하면 이 문제가 간단히 해결된다. 자신은 소스만 제공하고 편하게 수익을 얻을 수 있게 되는 것이다. 판매는 기존에 해오던 대로 재경이 혼자서 하면 될 테니까.

"그리고 이 소스 많지도 않아요. 제가 직접 만드는 게 아니라서요. 고향에서 아는 형이 붕어빵 장사를 하는데 새로 개발한 소스라며 맛이나 보라고 한 통 보내줬던 거예요."

물론 이 말은 자신이 가진 마나의 한계를 염두에 두고 미리 던지는 연막이었다. 무한대로 소스를 만들어낼 능력이 아직은 없으므로.

가만히 듣고 있던 재경이 냄비 밑바닥의 소스를 숟가락으로 긁으며 물었다.

"그 형이 소스 만드는 법 가르쳐주신대?"

"절대 아니죠. 자기 밥줄인데 쉽게 가르쳐주겠어요? 대신 제가 원하면 무지 싸게 판댔어요. 제가 예전에 그 형을 좀 도와준 게 많거든요. 그래서 저한테만 특별히 파는 거라고요."

"으음……."

"고민할 게 뭐 있어요? 우리 해봐요. 수익은 3대 7로 나누고요."

채빈이 손가락으로 숫자를 만들어 보이며 말했다. 자신이 3, 재경이 7이라는 의미였다. 소스 제공자로서 3이면 충분하다고 생각했다. 가뜩이나 생활고에 시달리는 재경을 상대로 과욕을 부리고 싶은 마음은 일절 없었다.

"잠깐만……. 있어 봐."

재경은 좀처럼 갈피를 잡지 못하고 방바닥을 손가락 끝으로 문지르며 고민했다. 채빈도 더 채근해서 될 일이 아니라는 걸 알고 조용히 그녀의 결정을 기다렸다.

얼마나 시간이 지났을까.

"알았어."

망설이던 재경이 드디어 고개를 들었다.

고개를 끄덕이는 재경의 얼굴에는 이제까지와 달리 결연함이 굳게 어려 있었다.

"한다고요?"

"응, 네가 그렇게까지 말하니까 해볼게."

"굿잡!"

채빈이 팔을 머리 위로 높이 들며 외쳤다. 들고 있던 믹스커피가 머리 위로 우수수 쏟아져 내렸다. 재경이 두 손으로 아랫배를 잡고 깔깔거리며 웃었다.

"그만 갈게."

얼마간 더 계획에 관한 논의를 한 뒤 재경은 일어섰다.

"나오지 마."

"데려다 줄 수 있는데……."

"얼마나 된다고. 그냥 있어."

재경은 데려다주겠다는 채빈의 말을 끝끝내 거절하고 홀로 현관을 나섰다. 층계를 밟아 내려가던 도중, 그녀는 층계참에서 문득 걸음을 멈추고 돌아보았다.

"오늘 정말 고마웠어."

"뭐가요."

"얼마만인지 모르겠어, 이렇게 즐거웠던 적이."

아직 다 깨지 않고 남은 술기운 탓일까. 말하는 재경 쪽도, 듣고 있는 채빈 쪽도 전혀 낯간지러운 느낌이 들지 않았다. 이윽고 재경은 한쪽 눈을 찡긋해 보이더니 총총걸음으로 채빈의 시야에서 사라졌다.

'자, 그럼 예행연습을 해볼까나.'

혼자 남은 방 안에서 채빈은 양은냄비에 새로 소스를 만들어 보았다. 집중해서 냄비 하나를 가득히 채우고 나니 역시나 마나에 한계가 왔다.

'아우······!'

채빈이 욱신거리는 머리를 싸매고 뒤로 나앉았다. 여기서 더 무리하면 기절하게 될 거라는 감각이 확실히 전해져 왔다.

'이걸로는 몇 마리 못 만들겠는데.'

채빈은 새우처럼 몸을 구부리고 누워서 어떻게 할지 생각했다. 깔짝깔짝 하루에 한 냄비씩 주는 것 역시 별로겠지. 한 일주일 정도 모았다가 한꺼번에 전달하는 게 주는 쪽도 받는 쪽도 편할 거야.

'아······. 슬슬 잠이······. 불 끄고 자야 되는데······.'

빠르게 눈꺼풀이 무거워지고 있었다. 채빈은 지친 몸으로 끙끙거리며 눈을 가물거린 끝에 전등을 켜둔 채로 곯아떨어졌다.

일주일이 쏜살같이 지나고 주말이 왔다.

오늘도 어김없이 재경은 마차를 열어 붕어빵 장사를 하고 있었다. 한 푼이라도 더 벌어야 하는 힘겨운 삶의 반복. 주말이 쉬는 날이라는 개념은 잊어버리고 산 지 오래였다.

'너무하네, 정말.'

안타깝게도 오늘 역시 손님은 거의 없었다. 재경은 벌써 몇 번이나 다시 데워 딱딱해진 붕어빵을 뒤집으며 무거운 한숨을 내쉬었다.

"재경 누나."

반가운 목소리가 지척에서 울렸다. 재경이 고개를 들고 활짝 웃으며 반겼다.

"채빈아."

"헤헤, 안녕하세요."

채빈은 양손으로 커다란 김치통을 들고 있었다. 김치통 안에는 일주일 동안 몸에 무리가 가지 않는 선에서 부지런히 만든 마법의 소스가 가득히 담겨 있었다.

"아르바이트는 어쩌고?"

"점심시간이잖아요. 마침 시골 형이 보낸 소스가 주유소에 도착해서 지금 가지고 온 거예요."

"아, 정말?"

"일주일마다 딱 이만큼씩 구입하기로 했어요. 배송하는 시간에 보존 문제도 있고 하니까 일주일이 딱 적당할 것 같아서요."

"그래, 그래. 근데 이만큼에 돈 얼마나 줬어?"

"누나는 그런 건 몰라도 돼요."

채빈이 끙, 소리를 내며 마차 옆에 김치통을 내려놓고 뚜껑을 열었다. 재경이 김치통을 들여다보며 중얼거리듯 물었다.

"와, 많다. 이 통 10kg짜린가?"

"맞아요. 이걸로 붕어 몇 마리나 나올 것 같아요? 며칠 정도는 팔 수 있을 것 같아요?"

"으흠, 계산해 볼게. 평소에 팥 앙금 3kg으로 100마리 정도 나왔으니까……."

그렇게 중얼거리며 재경이 국자를 소스에 담갔다. 국자를 들어 올리자 거무죽죽한 소스가 걸쭉하게 뚝뚝 떨어져 내렸다.

"점도가 있어서 이것도 얼추 계산 비슷하게 나오겠다. 300마리 조금 넘게 만들 수 있을 것 같은데?"

"에이, 얼마 안 되네."

재경이 팔꿈치로 채빈의 허리를 쿡 찔렀다.

"얼마 안 되긴 뭐가 안 돼? 나 하루 열심히 팔아도 5~60마리 겨우 팔까 말간데."

채빈이 손가락을 까딱거리며 웃었다.

"이 소스로 만들면 다를 거예요. 일단 누가 한 번 사 먹기만 해봐요. 개시하기만 하면 그 다음부턴 알아서들 폭풍처럼 몰려들 테니까."

채빈이 너스레를 떨며 다른 손에 들고 있던 쇼핑백을 마차의 식탁 위에 올려놓았다.

"이건 뭐야?"

"같이 먹으려고 햄버거 사왔어요. 누나도 아직 점심 안 먹었죠?"

"아, 고마워. 이거 얼마야? 돈 줘야지."

"제가 사온 거니까 그냥 먹으면 돼요."

"그래도······."

"아, 진짜. 저 화낼까요?"

채빈이 포장을 뜯어 재경의 손에 억지로 햄버거를 쥐어주었다. 재경은 물끄러미 손에 쥔 따뜻한 햄버거를 내려다보고만 있었다.

"햄버거를 눈으로 즐겨요? 먹어야지."

"그래. 잘 먹을게······."

재경이 햄버거를 한입 베어 물었다. 간만에 먹는 햄버거여서 무척 맛있었다. 우물거리고 있다 보니 어쩐지 코끝이 찡해져서 재경은 헛기침을 하는 척 고개를 옆으로 돌렸다.

"콜라도 있어요."

"응, 응."

채빈과 재경이 햄버거를 다 먹을 때까지 손님은 1명도 찾아오지 않았다. 그리고 어느덧, 채빈도 주유소로 돌아가야 할 시간에 임박했다.

"일단 개시를 해야 될 텐데."

채빈이 짜증 역력한 표정으로 툴툴거렸다.

"여긴 걱정 말고 빨리 주유소로 가기나 해. 점심시간 이제 다 끝났잖아."

"알았어요. 4시 좀 넘어서 올게요. 아… 그리고!"

채빈이 뒤늦게 생각났다는 듯이 손뼉을 치고는 말했다.

"이 소스로 만든 붕어빵은 비싸게 파세요."

"비싸게 팔라고?"

"맛있잖아요. 이런 엄청난 붕어빵을 어디서 팔겠어요? 그래, 1마리에 1,000원씩 받으면 딱 좋겠네."

"1마리에 1,000원이라니, 그건 너무 비싸."

"비싸긴 뭐가 비싸요? 안 비싸니까 1마리에 1,000원 받아요. 무조건이에요. 알았죠? 불티나게 팔릴 게 뻔하니까."

"으이구, 김칫국 마시지 마. 얼른 가기나 해."

재경이 채빈의 등을 떠밀었다.

채빈은 가는 동안 몇 번이나 돌아보며 비싸게 팔라는 말을 되풀이하더니 비로소 지각의 위기를 깨닫고 길 너머로 달려 사라졌다.

  채빈이 떠나고 30분쯤 지나서였다.
  "아, 날씨 짜증나, 완전 구려!"
  첫 손님들이 오고 있었다.
  재경의 또래로 보이는 3명의 여대생이었다. 그들은 마차 앞까지 와서도 연신 수다를 늘어놓느라 여념이 없었다.
  "심리학 교수 완전 재수없지 않니? 학점 그게 뭐야?"
  "내 말이! 완전 멘탈 쓰레기야!"
  "학교 때려치고 싶어. 다 거지같아."
  그녀들의 대화를 들으며 재경은 서글픈 기분에 사로잡혔다. 자신은 그토록 다니고 싶은 학교를 당장 때려치우고 싶다는 그들이 이해되지 않았다. 다닐 수만 있다면 최선을 다해 공부할 텐데.
  "언니, 붕어빵 얼마씩 해요?"
  여대생 하나가 대화를 잠깐 멈추고 물었다. 재경은 황급히 망상을 거두고 고개를 들었다.
  "네, 3마리에 천……."
  재경이 말을 끝맺지 못하고 입을 다물었다.
  무조건 1마리당 1,000원에 팔라던 채빈의 모습이 눈앞에 아른거리고 있었다.

"언니, 왜 말이 없어요? 장사 안 해요? 붕어빵 얼마씩 하냐구요."

여대생이 짜증스런 말투로 재차 물었다. 그사이에 결정을 내린 재경이 밝게 웃으며 대답했다.

"보통 붕어빵은 3마리에 1,000원이고요. 스페셜 붕어빵은 1마리에 2,000원입니다, 손님."

재경은 오히려 채빈이 말한 것보다 2배를 높여 불렀다. 손님들이 얄미운 마음도 조금은 이유로 작용했다. 비싸면 그냥 가라지.

"에에? 스페셜?"

"붕어빵이 그런 것도 있어?"

"야, 어떡할래? 1마리 2,000원이면 너무 비싼데."

"나한테 묻지 마, 이년아. 난 오늘 돈 없다고 분명히 말했어."

세 여대생은 황당하다는 얼굴로 서로의 얼굴을 쳐다보며 떠들어댔다. 한참을 옥신각신한 끝에 그녀들은 결론을 냈다.

"보통으로 1,000원어치 주세요. 그리고 스페셜도 1마리 줘보세요. 궁금해서 하나 정도는 먹어봐야겠네."

"네, 잠시만 기다리세요."

재경이 붕어빵을 새로 굽기 시작했다. 개시를 앞두고 떨리는 손길을 억제할 수가 없었다. 몇 번이나 기계를 뒤집는 손길이 엇나가는 바람에 가슴을 졸여야 했다.

"여기요."

이윽고 재경이 다 만들어진 붕어빵을 종이봉투에 담아 건넸다. 돈을 낸 여대생이 스페셜 붕어빵을 잡고 셋으로 쪼갰다.

"뭐야, 이게? 크기는 똑같잖아? 언니, 이게 무슨 스페셜이에요? 구질구질해."

"크기가 아니라 맛이 스페셜이거든요."

재경이 대답했다. 여대생들이 어처구니없다는 표정으로 서로를 돌아보며 헛웃음을 터뜨렸다.

"언니, 맛없기만 해봐요. 당장 환불이에요."

여대생이 재경을 흘겨보며 말했다.

니들이 처먹고 난 걸 어떻게 환불을 받니? 재경은 속으로 그렇게 이죽거리면서 겉으로는 난처한 듯이 살짝 웃어주었다.

"어어?!"

스페셜 붕어빵을 입에 쏙 넣은 여대생이 그 자세 그대로 돌처럼 굳었다. 얼굴에서 움직이고 있는 기관은 오로지 입뿐이었다.

"우와아악!"

두 번째 여대생이 뒤통수가 등에 닿을 정도로 목을 쳐들었다. 와들와들 떨리는 두 다리가 당장에라도 넘어질 것처럼 위태로웠다.

"뭐~ 어~ 야~ 아~!"

이윽고 세 번째 여대생이 양 뺨을 붙잡고 하늘을 향해 새된 비명을 내질렀다.

재경은 치밀어 오르는 웃음을 누르며 태연한 척 오뎅을 꼬챙이에 꽂고 있었다. 완벽하게 성공한 것이다. 얄미운 년들, 걸려들었다. 지갑은 물론이고 영혼까지 탈탈 털어줄 테야.

"어, 언니! 스페셜 1마리 더 주세요!"

"저도요! 저는 2마리 주세요! 그리고 이거, 보통은 환불할게요!"

"야, 나도 사줘! 갚을 테니까 돈 좀 빌려줘!"

과연 여대생들은 지갑을 털어 스페셜 붕어빵을 20마리나 먹어치웠다. 짐승처럼 게걸스럽게 먹어대는 모습을 보니 재경은 미안하고도 고마운 마음이 들어서 서비스로 5마리를 주기로 했다.

"이거 오늘 특별히 서비스예요."

"와, 5마리나! 언니 고마워요! 언니 너무 예뻐요!"

"한승연 닮았어, 한승연! 현수막에 한승연 붕어빵이라고 써놔요!"

여대생들은 한참 아부를 늘어놓더니 서비스로 받은 스페셜 붕어빵을 신주단지 모시듯 품에 안고 돌아섰다. 가면서도 그들은 계속 놀란 어조로 대화를 늘어놓으며 마차를 돌아보고 있었다.

여대생들이 시야에서 사라지고 난 뒤, 재경은 오뎅 꽂기를 멈추고 자기 입을 가로막았다. 하마터면 탄성을 터뜨릴 뻔했다.

순식간에 4만 원!

예전의 하루 매상을 잠깐 사이에 달성했다. 재경은 기쁨에 겨워 채빈이 일하고 있을 주유소 쪽을 향해 마음으로 소리쳤다. 바보야, 1마리에 1,000원 받고 팔라고? 그것도 터무니없이 싸!

"수고하셨습니다!"

시간이 흘러 오후 4시가 되었다.

채빈은 서둘러 옷을 갈아입고 주유소를 나와 뛰기 시작했다. 장사가 잘 되고 있는지, 아니면 영 허탕인지 궁금해서 미칠 것 같았다.

"헉헉!"

20분 거리를 5분 조금 넘어 주파했다. 논밭 사이의 기나긴 길 끝으로 마차가 보이고 있었다. 순간 채빈은 양 눈두덩을 크게 실룩거렸다.

'저게 뭐지?'

마차 너머 뒤쪽으로 기나긴 줄이 보였다. 그 줄이 사람들의 행렬이라는 사실을 알아차리기까지는 얼마 시간이 걸리지 않았다.

"아직 멀었어요?"

"빨리 해주세요! 현기증 난단 말이에요!"

"아가씨, 스페셜 3마리 더! 내가 먼저라고!"

"네네, 죄송합니다. 죄송합니다. 빨리 할게요."

재경은 그야말로 숨을 제대로 쉬지도 못하면서 붕어빵을 만들고 있었다. 채빈이 인파를 뚫고 바로 옆까지 다가왔는데도 알아채지 못할 정도로 정신을 거의 놔버린 상태였다.

"누나, 장사 잘 돼요?"

채빈이 부르고 나서야 재경이 고개를 번쩍 들었다. 그러더니 다짜고짜 앞치마를 집어주며 말했다.

"보면 모르겠어?! 가만히 서 있지 말고 나 좀 도와줘!"

"도우라고요?"

"혼자선 안 돼! 계산이랑 오뎅 좀 맡아줘!"

"아, 알았어요!"

채빈이 앞치마를 입고 지원에 나섰다.

팔리는 건 붕어빵만이 아니었다. 스페셜 붕어빵이 폭풍처럼 팔리면서 덩달아 오뎅 매상도 엄청나게 늘어난 상황이었다. 그야말로 폭풍 같은 기세!

"이제 끝났어요! 죄송합니다! 다 떨어졌어요!"

얼마 버티지도 못하고 스페셜 붕어빵 소스가 완전히 동이 났다. 아직 하나도 사 먹지 못한 손님들의 성화는 이만저만이 아니었다.

"이게 뭐야! 떨어졌으면 진작 떨어졌으니 줄 서지 말라고 이야기라도 해줘야지!"

"죄송합니다. 오늘 처음이라 미처 그 부분까지 신경을 못 썼어요. 보통 붕어빵도 괜찮으시다면 서비스로 드릴게요."

"그건 됐고! 스페셜은 내일 오면 먹을 수 있나?"

"저기, 죄송하지만 소스가 없어서 적어도 일주일은 지난 후에······."

"뭐가 어쩌고 어째?!"

폭발 직전의 손님들을 진정시키는 건 아무래도 남자인 채빈의 몫이었다. 채빈은 보통 팥 붕어빵을 서비스로 싸주면서 손님들을 달래느라고 있는 대로 진땀을 빼야 했다.

"휴우, 이게 무슨 난리야."

겨우 진정된 손님들이 돌아가고 채빈과 재경 둘만 마차에 남았다. 온몸이 땀으로 범벅이었다. 열이 한껏 올라 춥기는커녕 초여름처럼 더웠다.

"고마워. 너 없었으면 큰일 날 뻔했어."

"별로 한 것도 없는데요. 근데 누나 대단하네."

"뭐가?"

"1마리당 2,000원받을 생각을 하다니. 1,000원씩 받으라고 했던 것도 조금은 농담한 건데."

"웃겨, 자기도 좋으면서."

재경이 팔꿈치로 채빈의 허리를 쿡 찌르고는 일어섰다. 채빈은 앉은 채로 그녀를 올려다보았다. 땀에 젖은 머리를 귀밑으로 넘기는 재경의 얼굴이 노을과 겹쳐지고 있었다. 눈부시게 예쁘다고, 채빈은 순간 생각했다.

"뭘 그렇게 빤히 봐. 나 뭐 묻었어?"

"아니요. 아니……."

채빈이 고개를 거두고 헛기침을 했다.

재경이 전대를 무릎에 올려놓고 매상을 계산하기 시작했다. 온갖 지폐와 동전이 섞여 있어 계산에 시간이 걸렸다. 그녀가 셈을 하는 동안 채빈은 우두커니 앉아서 이른 저녁 삼아 오뎅을 먹었다.

"99만 3,000원!"

이윽고 셈을 마친 재경이 소리치듯 말했다.

깜짝 놀란 채빈이 오뎅을 잘못 삼키고 캑캑거리며 기침을 했다.

"내가 팔아놓고도 못 믿겠어! 스페셜 붕어빵 덕분에 오뎅까지 엄청 팔렸어!"

"축하해요, 누나."

채빈의 마음이 더없이 훈훈해졌다. 소스 제조 마법을 배우기 전 잠깐이나마 심드렁했던 자신의 모습이 떠올랐다. 이렇게 좋은 마법을 몰라보고 투덜거렸다니⋯⋯. 어휴, 멍청한 자식.

"이제 수입을 나눠야지?"

"천천히 해도 돼요."

"대충 믹스 들어간 거 보니까 오늘 스페셜 붕어빵 320마리는 만든 거 같아. 그럼 계산을⋯⋯."

채빈이 손을 내밀고 말을 잘랐다.

"그냥 편하게 300마리 단위로 계산해요. 그것보다 더 만들어서 팔았으면 그건 누나의 배분 능력이니까. 아, 또 그런 난처하다는 표정 짓지 말고 그냥 좀 그렇게 해요."

"그, 그럴까. 그럼 60만 원이니까⋯ 42만 원이 채빈이 몫이지? 내가 인터넷뱅킹으로 쏠게."

채빈이 한쪽 눈을 찌푸리며 되물었다.

"무슨 소리예요? 뭔 돈을 그렇게 많이 줘요?"

"3대7로 하기로 했잖아? 내가 3이고 네가 7이라는 뜻 아니야?"

"반대죠. 누나가 7이고 내가 3이에요. 난 소스만 퍼다 주는 거잖아요."

재경이 입을 떡 벌리고 고개를 내저었다.

"그렇겐 못해, 누구 덕에 이렇게 팔게 됐는데."

"힘들게 만들어서 파는 건 누나잖아요. 저는 제가 만든 건도 아니고 그냥 떼어오는 거고."

"어쨌든! 너도 돈 주고 떼어오는 거잖아. 그리고 인맥도 네 밑천이야. 네가 그 형님이란 분이랑 인연이 없었다면 무슨 수로 이런 소스를 구할 수 있었겠어? 안 그래?"

재경이 끝끝내 자기 입장을 굽히지 않았다. 채빈은 뒤통수를 벅벅 긁으며 답답해하다가 피식 웃음을 터뜨리고 말았다.

어쩌면 이런 부분에서 재경이란 인간에게 호감을 품었는지도 모른다. 더할 나위 없이 부드러우면서도 강한 마음을 가진 사람이라서. 남에게 쉽사리 기대지 않으려는 야무진 모습이 좋아서.

"알았어요. 그럼 그냥 반씩 나눠요. 이제 그만. 뭔 말을 해도 소용없어요. 그 이상은 저도 받기 싫어요."

한참을 옥신각신한 끝에 겨우 5대5로 결론이 났다. 내친김에 아예 앞으로는 소스 10kg당 30만 원을 받기로 하고 채빈은 이야기의 매듭을 지었다.

"조심히 가요."

"그래, 다음 주에 밥 한 번 먹자. 내가 살게."

마차가 닫히고, 재경은 어머니가 입원해 있는 병원 쪽으로 향했다. 채빈도 자기 집을 향해 돌아서서 걸음을 내딛었다.

집으로 돌아와 신발을 벗는 참에 핸드폰이 울렸다. 재경이 채빈의 계좌로 30만 원을 입금했다는 문자메시지였다. 채빈은 못 당하겠다는 듯이 웃으며 방으로 들어가 앉았다.

'이것도 일당으로 치면 장난 아닌데.'

일주일에 30만 원씩 1개월로 치면 120만 원.

주유소 월급인 115만 원보다도 높은 금액이다.

하루 8시간씩 1개월을 꼬박 일해야 버는 돈보다 하루 1분씩 투자해서 버는 돈이 더 많다는 게 막상 생각을 해보니 어처구니가 없었다.

'주유소는 아무래도 조만간 그만둬야겠다.'

사람 좋은 사장에게는 미안했지만 어쩔 수 없었다. 소스만 팔아도 생활을 유지할 수 있게 됐으니 더 주유소에서 일하고 싶은 마음이 들지 않았다. 차라리 그 시간에 미뤄둔 공부를 다시 시작하고 싶었다.

'아, 던전도 가야지!'

빼먹을 수 없는 중요한 주간행사다. 채빈은 괴물의 육수에 대비한 지저분한 옷으로 갈아입고 야구 방망이를 어깨에 짊어진 다음 방을 나섰다.

'뭐냐, 이게······.'

채빈은 오늘로 3번째인 던전을 예전과 마찬가지로 간단히 공략했다. 그러나 기분은 썩 좋지 않았다. 보상이 형편없었기 때문이다. 어느 정도로 형편없었냐면, 아예 상자가 텅 비어 있었던 것이다.

양피지 설명서에 적혀 있는 '보상없음'이라는 문구는 채빈의 짜증을 몇 배로 증폭시켰다. 채빈은 망연자실하게 앉아 있다가 비틀비틀 일어섰다.

'그래도······.'

마왕성의 책상에 획득한 한 움큼의 코인을 늘어놓으며 채빈은 착잡한 기분을 떨쳐냈다. 상자 보상은 없었지만 어쨌든 코인은 오늘도 꽤나 모을 수 있었다.

이제 모인 코인은 총합 241코인.

당초 예상했던 것보다도 많이 모였다. 이제 한 번만 더 가면 마왕성 개발에 필요한 280코인이 충분히 만들어질 것이다.

'오늘은 여기서 자볼까.'

잠자리를 내려다보며 채빈은 생각했다. 게시판의 설명에 따르면, 마왕성에서 수면할 경우 체력 회복력이 10% 상승한다고 했다.

지금까지는 일말의 두려움 때문에 궁금해도 차마 실행해 보지 못했다. 채빈은 결심을 굳혔다. 오늘 몸소 마왕성의 효과를 체험해 보기로.

채빈은 이부자리에 누워 이불을 덮고 눈을 감았다. 기분 좋게 서늘한 감각이 온몸을 지배하는가 싶더니 빠르게 두 눈꺼풀이 무거워졌다. 마왕성에서의 첫날밤은 의식할 새도 없이 시작되었다.

제5장

누나

이계
마왕성

'으음……'

채빈이 두 눈을 부스럭거리며 몸을 일으켰다.

마왕성의 내부는 고요했다. 채빈은 가물거리는 눈으로 주위를 돌아보며 어젯밤 마왕성에서 잠을 청했던 기억을 되살렸다.

'확실히 개운한데.'

10%의 체력회복 효과가 미미하게나마 전신에 느껴지는 듯했다. 잠자리가 편안해 몸이 밴 데도 없었고 기분이 상쾌했다. 손목시계를 보니 여섯 시간을 조금 넘게 잤을 뿐이었다.

'앞으론 종종 여기서 자야겠다.'

채빈은 홀가분하게 마왕성을 벗어나 이른 새벽의 현실로 돌아왔다. 가장 먼저 샤워부터 했다. 어제 너무 피곤한 나머지 씻지 않고 자 버려서 온몸이 찝찝했다.

씻고 난 뒤에는 식빵에 소스를 발라 먹으면서 컴퓨터를 켰다. 주유소를 그만두면 생겨날 시간에 할 공부를 준비하기 위해서였다.

'영어도 많이 딸리는데.'

은효의 집에 더부살이로 사는 동안 솔직히 제대로 공부를 하지 못했다. 성적은 내내 중하위권이었다. 특히 영어와 수학은 아예 손을 놓았다.

'대학 가고 싶어지네.'

서울에 갓 올라왔을 때까지만 해도 포기하고 있었던 대학교에 대한 미련이 되살아났다. 이제는 그때와 상황이 달랐다. 마왕성을 얻었으니까. 비록 또래들보다는 1년 늦은 내년에 1학년이 되겠지만 요즘 세상에 그런 건 전혀 문제가 되지 않을 것이다.

채빈은 스스로에게 물었다. 대학에 가고 싶다는 욕심을 품어도 되는지. 마음 깊이 우러나오는 대답은 OK였다. 채빈은 모니터 앞에서 키득키득 웃으며 마우스를 움직였다.

'어디서부터 공부해야 되는지 엄두가 안 나네.'

정보를 검색하면 검색할수록 대책이 안 섰다.

꿈이야 물론 문예창작과를 나와 작가가 되는 것이었지만, 특기로 내세우기엔 본인이 봐도 영 마뜩찮은 실력이었다.

굳이 말하자면 보통 사람들보다 아주 조금 감각이 있는 수준이라고나 할까. 물론 은효야 언제나 입이 닳도록 최고의 실력이라 극찬하곤 했지만, 그 말을 고이 믿고 하하호호 좋아할 만큼 어수룩한 채빈은 아니었다.

그러니까 결론은 간단해졌다. 재수학원에 등록해서 수능을 대비하면 되는 것이다. 채빈은 사는 곳에서 가깝고 평가가 좋은 재수학원들을 하나씩 살펴보고 즐겨찾기에 추가했다.

'아, 면허도 딸까?'

이것도 재정에 여유가 생긴 덕에 생겨난 부작용일까. 사거리에서 집까지 들어오는 거리가 새삼 너무도 길게 느껴졌다. 아니 도대체, 무슨 수로 지금까지, 그토록 길고 긴 길을 걸어서 오갈 수 있었던 것인지 이해되지 않았다.

'당장 면허 따서 스쿠터라도 타고 다녀야지.'

채빈은 운전면허학원 홈페이지 주소를 즐겨찾기 끝자락에 추가한 뒤 일어섰다. 인터넷을 하다 보니 출근 시간이 임박했다는 사실도 잊을 뻔했다.

"굿모닝!"

집을 나서면 가장 먼저 보이는 사람.

재경을 향해 채빈이 소리쳐 인사했다. 마차의 포장을 풀고 있던 재경이 아침햇살만큼이나 환한 얼굴로 돌아보았다.

"채빈이 안녕. 지금 나가?"

"누나는 왜 또 이렇게 일찍 나왔어요?"

"왜긴, 붕어빵 많이 팔아야지."

채빈이 마차로 다가와 장사 준비를 도왔다.

재경이 그만두라고 했지만 막무가내였다. 채빈의 고집이 은근히 세다는 걸 이제는 재경도 알고 있는지라 그저 웃어버리고 말았다.

"맞다. 있지, 채빈아."

"뭐가 있어요."

"어제 자려고 누웠는데 좋은 생각이 났어."

"뭔데요?"

"네가 그 소스 일주일에 10kg씩 주잖아."

"네."

"원래 쓰던 팥이랑 섞어보려고 하는데 어때? 그럼 더 많이 만들어서 팔 수 있을 것 같은데."

채빈이 순간 입을 다물었다. 재경은 소리없이 웃으며 채빈의 표정을 재미있다는 듯이 바라보고 있었다.

"어때?"

"와, 좋은 생각인데요?"

채빈이 진심으로 대답했다. 왜 바보처럼 섞어서 양을 늘려 팔 생각을 못했을까. 마법의 소스는 진하니까 얼마든지 섞을 수 있을 것이다. 맛 또한 자연스럽게 달달해서 꿀과 섞어도 전혀 위화감이 없을 테고.

"얼마나 섞을 수 있을 것 같은데요?"

"적어도 3배까지는 불릴 수 있을 것 같은데. 확실히 알려면 주말에 네가 소스 가져온 걸로 시험해 봐야지."

"대박이다. 누난 사업가 기질이 있어요."

"괜히 띄우지 마. 안 넘어가."

"띄우긴 뭘 띄워요. 진짜 감동해서 하는 말인데."

"얼른 일이나 가시지? 아, 채빈아. 이따 점심 같이 먹을래?"

"알았어요. 뭐 먹고 싶어요? 사올게요."

"내가 주유소 앞으로 나갈게. 식당 들어가서 제대로 먹자. 내가 쏜다!"

재경이 양 손가락을 총 쏘듯이 내밀며 말했다. 채빈은 짐짓 총을 맞은 것처럼 쓰러지는 시늉을 해보이고는 킬킬거리며 말했다.

"완전히 홀라당 벗겨먹어야지. 나 킹 크랩 아니면 안 먹음."

"근처에 킹 크랩 파는 데 없음. 여튼 얼른 가기나 해. 너 진짜 늦어."

"알았어요. 수고해요, 누나."

"채빈이도 수고!"

채빈은 재경을 뒤로하고 발걸음도 가볍게 주유소에 도착했다. 마침 사장은 카운터에서 한 손에 교재를 들고 바둑 연습을 하고 있었다. 채빈은 노크를 하고 안으로 들어갔다.

"안녕하세요, 사장님."

"어, 채빈아. 오늘 좀 일찍 왔다?"

"그게… 드릴 말씀이 있어서요."

채빈이 어렵사리 말머리를 꺼내들었다. 사람 좋은 사장은 붕어처럼 눈을 깜박이며 채빈을 올려다보고 있었다.

"아무래도 그만둬야 할 것 같습니다. 얼마 되지도 않았는데 죄송해요."

채빈은 공부를 이유로 차분하게 그만둬야 하는 이유를 설명했다. 사장은 조용히 채빈의 이야기를 듣고 있었다.

"물론 당장 그만두겠다는 건 아니에요. 새로 알바생 들어올 때까지는 열심히 하겠습니다."

"그럴 수 있나? 그래주면 나야 고맙지."

사장이 씁쓸하게 웃으며 바둑 교본을 내려놓았다.

"성실하고 성격도 모난 데 없이 좋아서 맘에 들었는데, 이렇게 금세 그만두니까 아쉽네. 이번 주 토요일까지만 좀 더

해줄 텐가? 안 그래도 지금 지원한 학생이 몇 있거든. 그러니 며칠만 더 하면서 일 좀 알려주고 그러면 좋겠는데."

하기야 사장의 말마따나 워낙 큰 주유소인데다 위치도 좋으니 인수인계 때문에 오래 묶일 일은 없을 듯했다. 그럼에도 불구하고 채빈은 미안한 마음이 들어 목소리에 힘을 주고 말했다.

"필요하다면 한 달이라도 더 해드릴 수 있어요."

"뭔 소리야. 기왕 결심했으면 공부나 빨리 시작해야지. 기차게 함 해봐."

"고맙습니다."

사장은 피로회복 드링크까지 한 병 따서 건네주며 격려해주었다. 채빈은 마음이 찡해졌다. 어느 정도 실망감을 드러내며 훈계할 줄 알았는데.

"그만두는 거냐? 아쉽네."

문밖에 세만이 서 있었다. 그는 쓸쓸한 웃음과 함께 손을 내밀어 채빈에게 악수를 청했다.

"맘에 들었는데. 오다가다 들러라. 언제 술 한잔하고."

"그럼요. 연락할게요."

"짜식. 자주 보자."

세만이 악수를 거두고 돌아서서 터덜터덜 걸음을 옮겼다. 채빈은 목장갑을 손에 끼고 그 뒤를 따라나섰다.

"어서 오세요!"

채빈은 유종의 미를 상기하며 여느 때보다도 큰 목소리로 들어오는 차들을 향해 인사했다. 그 어떤 손님이 오더라도 마지막 시간까지 최선을 다할 것이다.

아니,

잠깐만.

오직 딱 한 명, 딱 한 새끼만 빼고.

빠바바바바방!

무척이나 낯익으면서도 기분을 더럽게 만드는 굉음이 고막을 울렸다. 채빈을 비롯한 모든 직원들이 불쾌하기 짝이 없다는 얼굴로 들어오는 차를 째려보고 있었다.

"어이, 찌질이!"

30대의 남자가 스포츠카의 열린 창문 밖으로 머리를 내밀고 소리쳤다. 채빈은 뒤틀리는 표정이 드러나지 않도록 모자의 챙을 깊이 눌렀다.

'저 씨발새끼!'

남자는 오늘도 어김없이 야한 옷차림의 여자를 조수석에 태우고 있었다. 그의 차가 딱딱하게 굳은 채빈 앞으로 와 섰다.

"표정 썩네? 멍하니 뭐하고 섰냐? 주유원이 기름을 넣어야지."

남자가 손가락을 까딱거리며 명령하듯 말했다.

채빈은 모자를 푹 눌러쓴 채 차로 가까이 다가갔다. 망할, 어차피 주유소 아르바이트도 이제 곧 끝이다. 이번 주말이 지나면 이놈의 더러운 낯짝을 보는 일도 더는 없을 것이다.

"얼마 넣어드려요?"

남자가 혀를 끌끌 찼다.

"이거 완전 꼴통 아냐? 너 알면서 일부러 매번 물어보는 거지?"

"아닌데요. 얼마 넣어드리냐고요."

"만땅 처넣으라고, 이 꼴통아!"

남자가 소리치더니 차문을 열고 내려섰다.

"오빠, 어디 가?"

동승한 조수석의 여자가 껌을 질겅질겅 씹으며 물었다.

"화장실! 쌀 거 같다!"

"큰 거 아니지? 밥 먹으러 가게 빨랑 와. 나 배고파."

"알았다, 돼지야!"

남자가 어지간히 급한 게 아닌 듯 화장실로 향했다. 여자는 백미러를 통해 화장을 고치면서 괴상하게 콧노래를 불러댔다. 그 노랫소리가 채빈에게는 돼지 멱을 따는 듯한 괴음으로 들렸다.

'젠장, 똥이 무서워서 피하나. 더러워서 피하지.'

채빈은 스스로를 위안하며 주유기를 차에 꽂았다.

바로 그 순간이었다.

'아니지. 똥이 더러우면 치워야지. 왜 피해?'

채빈의 뇌리에 한 가닥의 계시가 빛을 흩뿌리며 스쳐지나갔다. 그래, 그걸 사용하자. 오늘은 컨디션도 좋으니 후유증도 나름 견뎌낼 만할 것이다.

'너 이 새끼, 기다려!'

채빈은 차에 주유기를 꽂은 채 의미심장한 미소를 지으며 화장실로 향했다. 차의 여자는 여전히 화장을 고치느라 여념이 없었다.

한편, 화장실에서는 남자가 이제 막 허겁지겁 벨트를 풀고 있었다.

"으익! 왜 이렇게 안 풀려!"

남자가 거칠게 벨트를 풀어헤치고 지퍼를 내렸다. 물건을 내놓기가 무섭게 물줄기가 힘차게 뻗어 나와 소변기 벽을 때렸다.

"후우우! 바지에 싸는 줄 알았네!"

남자가 고개를 뒤로 꺾고 크게 한숨을 토해냈다. 차에서 줄기차게 마셔댔던 콜라 때문에 정말로 방광이 터지기 일보직전이었다.

세찬 물줄기는 길게도 이어졌다.

제법 여유가 생긴 남자는 유행가를 흥얼거리며 시원한 쾌감에 온몸을 내맡기고 있었다.

그리고…….

불현듯 이변이 일어났다.

'뭐지?'

물줄기가 다소 약해질 무렵이었다. 소변기로 쏟아지고 있던 자신의 물줄기가 서서히 위로 올라오고 있었다.

처음엔 두 눈을 의심했다. 하지만 눈을 몇 번이나 감았다 떠도 똑같았다. 물줄기는 분명히 위를 향해 솟구쳐 올라오고 있었다.

'요로결석 수술한 게 뭐 잘못됐나?'

남자는 궤적을 억지로 내리기 위해 자기 물건을 밑으로 눌렀다. 그런데도 소용이 없었다. 이번에는 한 손으로 앞의 벽을 짚고 발끝으로 높이 섰다. 그러나 기어이 노란 물줄기는 남자의 얼굴 위로 치달아 오르고 말았다.

촤~ 아악!

"푸학!"

남자의 얼굴이 뜨겁고 노란 액체로 질펀하게 젖었다. 남자는 소변을 보던 중이란 사실도 잊고 두 손으로 얼굴을 싸맸다. 놓쳐버린 바지와 팬티가 한꺼번에 발목까지 떨어졌다. 끊어지지 않은 물줄기가 이리저리 트위스트를 추듯이 뿜어지고 있었다.

"우웨에엑! 웨에엑!"

남자가 비틀거리며 구역질을 해댔다. 정신이 혼미해지고 눈앞이 흐릿했다. 그는 끝없이 치밀어 오르는 구역질을 억누르며 씻기 위해 세면대로 향했다.

그때였다.

터터텅!

3개의 대변기 뚜껑이 일시에 열렸다. 열린 뚜껑 밑으로 변기마다 고여 있던 물이 펑, 펑, 펑! 연달아 솟구쳐 올랐다.

왜애애애앵!

"으아~ 악!"

솟구쳐 오른 물줄기가 남자의 눈앞에서 하나로 합쳐져 맹렬하게 휘몰아쳤다. 악취 머금은 강풍이 남자의 머리칼을 뒤헝클었다. 누런 덩어리가 드문드문 섞인 폭풍 같은 변기물이 남자에게 들이닥쳤다.

퍼어어엉!

"우웨에에에엑!"

오수의 폭발이 남자의 비명마저 삼켜버렸다.

뒤로 밀려나간 끝에 남자는 자기 바지자락에 걸려 엎어졌다. 손을 뻗어 바닥을 기면서 남자가 구슬프게 울부짖었다.

"으흐흐흑! 사, 사람 살려!"

화장실에서 기어 나온 남자에게 모두의 시선이 쏠렸다. 화장을 고치고 있던 조수석의 여자는 그 황당하기 이를 데 없는 광경을 보고 바르던 립스틱을 콧구멍에 꽂고 말았다.

"꺄아악! 오빠!"

여자가 놀란 얼굴로 내려 뛰어갔다. 코앞까지 뛰어들었을 때, 그녀는 본능적으로 멈춰 서서 자기 코를 비틀어 막았다.

"오, 오빠! 이게 무슨 냄새야?"

"으흐흐……! 혜미야!"

"머리에 이 누리끼리한 거 뭐야? 설마… 이거 똥이야? 오빠 똥 쌌어?"

여자가 주춤거리며 물었다. 남자는 푹 젖은 얼굴을 지린내가 풀풀 나도록 쳐들더니 목젖이 터져라 소리쳤다.

"야 이 미친년아! 지금 그딴 소리가 나오냐! 머리로 똥을 싸는 인간이 세상에 어딨어!"

남자가 머리를 쳐드는 바람에 누런 물질이 바닥으로 후드득 떨어졌다. 여자는 식겁한 얼굴로 물러나 튀는 파편을 피했다.

"왜 나한테 성질이야? 더러워! 쪽팔려 죽겠네!"

"으흐흐흑! 아흐흐흐흑!"

남자가 오열을 거듭했다. 여자는 차마 손을 대지는 못하고 우물쭈물해하더니 자기 핸드폰을 꺼내보며 난처하다는 듯이 말했다.

"어, 어머! 벌써 시간이 이렇게 됐네! 오빠 나 오늘 엄마 오는 날인데 깜박했어! 우리 엄마 좀 무서운 사람이거든. 나 먼저 갈게!"

말을 마치기가 무섭게 여자가 돌아섰다. 몇 걸음인가는 걷는 척 하더니 기어이 뛰기 시작했다. 남자가 그녀의 등 뒤를 향해 손을 뻗으며 절규하고 있었다.

"야! 어디 가! 너 핸드폰 배터리 나갔으면서 왜 보는 척했어! 으흐흐, 혜미야! 야! 야, 이 개 같은 년아! 가지 마!"

찰칵! 찰칵! 찰칵!

한쪽에서 눈부신 플래시가 거듭 터졌다.

남자가 기겁하여 돌아보니 여고생 몇몇이 핸드폰으로 사진을 찍으며 킥킥대고 있었다.

"야! 너, 너희들 지금 뭐해! 뭘 했어!"

"사진 찍는데요."

"사진?! 왜 나를 찍어!"

"트위터에 올리려고요. 짱 재밌다, 그치?"

"다 찍었음 빨리 가자."

"야아아아! 너희들 거기 안 서! 우워어어!"

채빈은 아무도 모르는 미소를 몰래 지으며 차에서 주유기를 뽑아냈다. 당장에라도 쓰러질 것처럼 두통이 극심했지만

이를 악물고 버텼다. 남자의 영혼을 털어버린 쾌감은 마법의 고통을 상쇄시키고도 남음이 있었다.

"으ㅎㅎㅎ… 으ㅎㅎ……!"

흐느끼는 남자를 보는 자, 더는 거기에 없었다. 채빈조차도 마음이 아파져 시선을 주유소 저편 하늘로 돌렸다. 오늘따라 하늘이 구름 한 점 없이 해맑기만 했다.

세상이 변하고 있다. 고통과 패배만 가득했던 세상이 자신을 중심으로 변하고 있다. 이것은 오로지 자신만의 세계, 자신만이 아는 유토피아다. 처음으로 마왕성의 힘을 이용해 복수를 한 채빈은 그 점을 여실히 깨달았다.

남자는 사장의 배려로 샤워실에서 몸을 씻고, 주유소 유니폼을 얻어 입은 다음 주유소를 떠났다. 몇 번이나 채빈과 시선이 마주쳤지만 수치심 때문인지 입 한 번 벙긋하지 않았다.

"아이고, 고놈 꼬시다. 너 나가는 날이라고 재밌는 거 구경한다?"

등 뒤로 나타난 세만이 채빈의 허리를 툭 치며 낄낄거리고 있었다.

"이제 다신 안 오겠죠?"

"물을 걸 물어라. 너 같으면 바지에 똥 한 바가지를 운지해 놓고 다시 낯짝을 들이밀 수 있겠냐?"

세만이 말했다. 그를 포함해 주유소의 모든 사람들은 남자가 급한 나머지 바지에 똥을 싼 것으로 여기고 있었다.

채빈은 마법의 후유증으로 지끈거리는 머리를 싸매고 남은 오전 시간을 열심히 일했다. 그리고 통증이 거의 다 가실 즈음 점심시간이 되었다.

'왜 이렇게 늦지?'

채빈은 주유소 앞에서 만나기로 약속한 재경을 기다리고 있었다. 그런데 벌써 10분이 지나도록 재경은 나타나지 않고 있었다. 전화를 해도 신호음만 들려올 뿐 받지 않았다.

'장사가 잘 되나?'

이유도 없이 약속을 어기거나 깜박할 사람이 아니다. 무슨 사정이 생긴 걸까. 스페셜 붕어빵의 소문 덕에 손님들이 줄기차게 밀려든 상황일지도.

채빈은 직접 가 보기로 하고 김밥과 음료수를 사서 집 쪽으로 향했다.

"누가 신고했다고 이러시는 거예요? 여기서 더 어디로 들어가 장사를 하란 말씀이세요? 너무하시는 거 아닌가요?"

재경이 상기된 얼굴로 거듭 따지듯이 물었다. 그 앞에 선 공무원은 목을 벅벅 긁으며 한숨만 내쉬고 있었다.

"그러니까 어쨌든… 신고가 들어오니까……."

"제 말이요. 누가 신고를 했냐고요. 주위를 한 번 보세요.

달리 노점이라도 있어요? 구멍가게라도 있어요? 이런 외곽에서 제가 누구의 영업을 방해한다는 말씀이세요? 네?"

공무원은 계절에 안 맞게 비지땀을 흘리고 있었다. 그는 목이 타는지 재경이 따라준 오뎅 국물을 한 모금 마시고는 오만상을 찌푸리며 대답했다.

"나도 죽겠습니다, 아가씨. 요즘 장사 잘된다면서요?"

"요즘은 무슨 요즘이에요. 어제 하루 딱 잘된 것뿐인데요."

공무원이 탄식하듯 혀를 끌끌 찼다.

"아가씨네 붕어빵이 하루 만에 소문이 났나봐. 사거리 쪽 상가연합에서 아침부터 구청으로 우르르 몰려왔어요."

재경이 어이없어하며 되물었다.

"아니, 왜들 그런대요? 할 말 있으면 직접 오지?"

"지들도 할 말이 없으니까. 아가씨를 이렇게 안쪽까지 쫓아내놓은 사람들인데. 차마 손님 빼간다고 대놓고 떠들 양심은 없는 게지."

"기가 막혀, 진짜."

공무원이 옆구리에 끼고 있던 결재서류파일을 손에 들며 애원하듯 말했다.

"아가씨, 우리 솔직해집시다. 솔직히 다 뻔한 얘기고, 세상 그렇고 그렇게 돌아가는 거잖아요."

"또 무슨 말씀을 하시려고요? 저 여기선 못 물러나요. 그렇게 아세요."

재경이 양팔을 꿰고 꼿꼿이 섰다.

이제 겨우 채빈이 가져다 준 소스 덕에 숨통이 트였는데 장사를 접으라고? 천만에! 상가연합회 전원이 쳐들어와도 끝까지 맞서 싸울 각오였다.

"합의를 봅시다. 일주일에 이틀만 장사해요."

"네?"

"이틀만 장사하고 나머지 날들은 다른 일을 하든가 해요. 이 정도로 얘기해 두면 상가 쪽도 설득할 수 있을 것 같으니까."

"이틀이라니 말도 안 돼요! 고작 이틀 동안 장사를 해서 무슨……!"

소리치던 재경이 입을 다물고 얼굴을 두 손바닥에 묻었다.

눈앞의 공무원에게 따져봐야 더 소용이 없다는 것쯤 그녀도 익히 알고 있었다. 그리고 이 공무원 정도라면 충분히 그녀의 편의를 봐 주고 있는 쪽이었다.

"그만 갑니다. 오뎅은 잘 먹었어요."

공무원이 오뎅값을 탁자 위에 올려놓고 돌아섰다. 굽은 등으로 터덜터덜 멀어지는 중년의 공무원을 바라보고 있으려니 재경은 가슴이 더없이 답답해졌다.

공무원이 떠나고 잠시 후에 채빈이 도착했다.

"누나, 뭐했어요? 전화도 안 받고."

"아, 채빈아."

김밥과 음료수를 탁자 위에 늘어놓는 채빈을 보고 재경은 긴장이 풀리는 것을 느꼈다.

"누나, 뭔 일 있었구나?"

채빈이 심상치 않은 기색을 느끼고 물었다. 재경은 쓴웃음을 지으며 고개를 몇 번 끄덕이더니 기어코 두 눈을 촉촉이 적시고 말았다.

"갑자기 왜 울어요? 뭔 일이야, 누나?"

"흑, 흑."

"울지만 말고 말을 해봐요."

채빈이 재경을 달래며 이유를 채근했다. 재경은 코를 훌쩍이며 공무원과 주고받은 대화를 늘어놓았다.

"너무 얄밉지 않니? 이런 구석까지 쫓아내놓고서. 여태껏 장사 안 될 땐 아무 말도 없더니 좀 팔기 시작하니까 집단으로 몰려가서 뭐하는 짓이래?"

잠자코 듣고 있던 채빈이 불쑥 말했다.

"차라리 잘된 것 같은데요."

"무슨 소리야?"

재경이 조금은 매서워진 눈길로 바라봤다. 상가연합의 비열한 흥계에 치를 떨고 있던 차에 채빈이 불쑥 던진 말을 납득할 수 없었다. 그러거나 말거나 채빈은 태연하게 김밥 하나를 입에 쏙 집어넣고 우물거리며 대답했다.

"어차피 소스양이 많은 것도 아니잖아요. 이틀이면 스페셜 붕어빵 만들어 팔기엔 충분할 것 같은데 뭐 어때요."

"분하잖아!"

"살면서 분한 일이 한두 가지가 아니잖아요. 그만 기분 풀어요. 차라리 이건 잘된 거예요. 매일 장사하지 말고 남은 시간에 좀 쉬기도 하고."

채빈의 말에도 일리가 있었다. 재경은 아무 말 없이 두 눈을 아래로 떨어뜨렸다.

"김밥 먹어요. 굳으면 맛없어요. 얼른."

재경은 채빈이 밀어준 김밥을 억지로 입에 넣었다. 다소 딱딱해진 김밥을 우물거리고 있다 보니 흥분이 차츰 가라앉았다. 그래, 이틀 동안 전력으로 스페셜 붕어빵을 팔고 남은 날에는 다른 일을 해도 나쁘지 않을 거야.

"채빈아."

"왜요."

"고……"

맙다는 말을 하려는데 도저히 낯간지러워 입이 떨어지지 않는 재경이었다. 나란히 앉은 채빈이 고개를 갸웃거리며 쳐다보았다.

"고… 고……."

"네? 안 들려요."

재경이 달아오른 얼굴을 화들짝 들고 말했다.

"고, 고기 먹으러 갈까?"

"고기요?"

"그래, 주말에. 어때? 바쁘니?"

채빈은 골똘히 생각하는 눈치로 하늘을 올려다보고 있었다. 재경이 슬쩍 기색을 살피며 다급히 덧붙였다.

"다른 일 있으면 어쩔 수 없고. 부담 갖지 말고 안 되면 다음에 해도 돼."

"아뇨, 먹으러 가요."

"시간 괜찮아?"

"괜찮아요. 토요일 어때요?"

채빈이 일요일에 행할 던전 공략을 염두하고 제안했다. 무엇보다도 이번 주말은 마왕성을 개발시킬 280코인이 모이는 시기였다. 무슨 일이 생길지 알 수 없으므로 여유를 갖춰 일요일은 전체를 비워두고 싶었다.

"어? 그래, 토요일 좋아."

"아예 그날 누나 장사도 끝내고 가죠 뭐."

채빈이 허리를 펴고 일어섰다. 그 순간 재경이 자기도 모르게 채빈의 옷자락을 붙잡았다.

"벌써 가려고?"

"슬슬 들어가야죠. 할 얘기 있어요?"

"아, 아니야. 어서 가."

"누나 좀 이상하네."

"뭐가 이상해. 얼른 가라니까."

"웃긴 얘기 하나 하고 갈까요?"

"뭔데?"

"건담에게 전화를 어떻게 건담?"

"죽고 싶어? 여기 칼도 있어."

채빈이 도망치듯 길 끝으로 뛰어갔다. 재경은 웃으며 손을 흔들어 준 뒤 의자에 앉았다. 그리고 불현듯 자기 뺨을 꼬집으며 한숨을 내쉬었다.

'의지하지 마, 하재경. 네 힘으로 최선을 다하고 나서 의지해도 늦지 않아. 이 멍청아.'

뒤늦게 배에서 꼬르륵 소리가 났다.

재경은 남은 김밥을 입에 밀어 넣고 한껏 기지개를 폈다. 일기예보에서는 온종일 우중충할 거라더니, 날씨가 썩 나쁘지만은 않은 느낌이었다.

시간이 흘러 토요일 아침이 되었다.

채빈은 평소처럼 일찍 일어나지 않고 이부자리에서 늦잠을 만끽하고 있었다. 어제부로 주유소 아르바이트를 그만둔 덕택이었다.

20일도 제대로 못 채우고 그만뒀지만 사장은 끝까지 웃는 얼굴로 채빈을 보냈다. 70만 원이 조금 넘는 월급도 틀림없이 현금으로 건네주었다.

'어디 보자……. 소스는 한 통 가득 채웠고.'

채빈은 이불 속에 머리를 파묻은 채 오늘의 일정을 되짚었다. 딱히 되짚어볼 것도 없었다. 재경의 장사를 돕고 나서 고기를 먹으러 가면 된다.

이불 밖의 핸드폰이 몸을 떨었다.

채빈은 부스럭거리며 팔을 빼 핸드폰을 집어 들었다. 은효의 전화였다.

'후우.'

채빈이 핸드폰을 베개 깊숙이 밀어 넣고 돌아누웠다. 그동안 꽤 여러 번 전화가 왔지만 받지 않았다. 숙자도 그렇고 정우 놈도 그렇고, 지금 만나봤자 은효에게 좋은 일은 하나도 없을 테니까.

'벌써 왔나?'

열린 창밖으로 아스라이 천막이 펄럭이는 소리가 들려왔다. 채빈은 일어나 창밖으로 머리를 내밀었다. 역시나 재경이 마차의 포장을 풀며 장사를 준비하고 있었다.

"누나!"

채빈이 소리쳐 불렀다. 재경이 포장을 풀다 말고 채빈의 집 쪽을 돌아보았다.

"응, 일어났어?"

"일단 집으로 와요. 소스 섞게."

"어? 알았어."

재경이 커다란 통을 두 손에 들고 낑낑거리며 오기 시작했다. 채빈이 슬리퍼를 급히 신고 뛰어나가 통을 받아 들었다.

"우와, 무거워! 이거 뭐예요?"

"팥 앙금이지 뭐야."

"대체 몇kg이에요?"

"20kg 정도 돼."

방으로 돌아오자마자 소스 작업에 착수했다.

거창하게 작업이라고는 했지만 팥 앙금 통에 채빈이 만든 마법의 소스를 붓고 잘 섞이도록 휘휘 젓는 게 전부였다.

다 섞이고 나자 두 사람은 맛을 보았다. 그리고는 약속이나 한 것처럼 휘둥그레 눈을 뜨고 서로의 얼굴을 바라보았다.

"나쁘지 않은데?"

나쁘지 않은 정도가 아니라 오히려 좋았다. 팥 앙금의 씹히는 맛이 곁들여지니 얼마간 심심했던 느낌도 완전히 사라졌다.

"잘 팔리겠지?"

"네. 이거 양이 엄청나네. 다 팔면 얼마나 될까."

재경이 통을 손가락으로 또드락거리며 대답했다.

"10kg로 300마리 조금 넘게 나왔잖아. 이건 30kg니까 최소한 900마리 이상. 잘 배분하면 1,000마리까지도 만들 수 있겠다."

"으흠……."

채빈이 턱을 괴고 고심하는 눈치를 보였다.

"왜 그래?"

"누나, 아무래도 안 되겠어요."

"안 되겠다니, 뭐가?"

"마리당 2,000원은 너무 싸요. 3,000원에 팔아요."

"뭐어?!"

재경의 두 눈이 미간을 향해 말려 올라갔다. 터무니없는 가격이라고 대답하려는데 채빈이 틈을 주지 않고 말을 이었다.

"요전에 인터넷 봤는데 명품 붕어빵이라고 있던데요. 크기가 특별히 큰 것도 아닌데 맛있다고 개당 3,000원에 팔아요. 우리도 충분히 승산 있어요."

"그 붕어빵이라면 나도 뉴스 봐서 알긴 알아. 하지만 그렇다고……."

"누나!"

채빈이 재경의 양어깨를 덥석 잡았다. 재경은 흠칫 몸을 떨며 토끼처럼 두 눈을 동그랗게 떴다.

"알겠죠? 무조건 마리당 3,000원이에요."

"손님들이 화낼 텐데."

"오늘은 내가 시작부터 도울게요. 미리 구워두면 잘 팔릴 거고, 손님들 숫자도 봐 가면서 줄 서게 하면 뒤탈도 없을 거고. 누나, 부자 되는 거 별거 아니에요. 팔 수 있을 때 왕창 팔아치우면 돼! 알겠죠? 3,000원! 1마리에 무조건 3,000원!"

재경은 채빈의 열성 어린 주장에 압도되어 무심코 고개를 끄덕이고 말았다. 그 즉시 채빈은 30㎏의 소스 통을 들고 한 발 먼저 집을 나섰다.

'이렇게 비싸서야 정말 팔릴까……?'

반죽을 하고 붕어빵을 굽는 내내 재경은 불안감을 떨치지 못했다. 물론 비싸게 팔아 많은 돈을 벌게 되면 그녀 자신에게도 좋은 일이다. 어머니의 밀린 병원비도 내고, 맛있는 것도 사 드리고, 나아가 저축하여 전세로 집을 옮길 수도 있을 테니까. 세상에 돈 마다할 사람이 어디 있겠는가.

"어, 어서 오세요."

막 한 판의 붕어빵을 굽자마자 첫 손님이 왔다.

재경은 금세 눈앞의 손님을 기억해냈다. 지난주에 한참을 기다렸는데도 스페셜 붕어빵을 먹지 못해 벌컥 화를 냈던 바로 그 손님이었다.

"일어나자마자 바로 왔소. 설마 벌써 동이 났다고 하지는 않겠지. 10마리 주시오."

중년의 손님이 부루퉁한 얼굴로 말했다.

채빈이 재경 옆으로 나서서 대신 말을 받았다.

"물론입니다, 손님. 이제 막 개시해서 남아돌아요. 손님 지난주에 오래 기다리셔놓고도 못 드셨죠? 서비스로 2마리 더 드리겠습니다."

채빈도 손님을 기억하고 있었다. 손님은 숱이 별로 없는 머리를 만지며 나이에 안 맞는 수줍은 웃음을 보였다.

"어이쿠, 그걸 다 기억하나. 젊은 친구가 장사할 줄을 아네. 수완이 좋아."

"하하하, 말씀 감사합니다. 저기, 그런데 부득이하게 가격을 3,000원으로 올렸습니다."

"3,000원?"

"네, 사실 이 소스를 저도 떼어오는 거거든요. 소스 만드는 사람이 엄청 비싸게 팔아대는 데다 중간에 숙성 과정도 필요하고 해서 돈이 좀 듭니다. 이해해주세요."

설명을 듣고 난 손님이 대수롭지 않다는 듯이 고개를 끄덕이며 대답했다.

"맛만 좋으면 가격이 무슨 문제가 되겠나. 3,000원 정도면 괜찮아. 어서 담아주기나 하게. 벌써부터 입에 침이 고이기 시작했어."

손님이 지갑에서 3만 원을 꺼내 내밀었다. 채빈은 돈을 받고는 날랜 손으로 서비스까지 12마리의 붕어빵을 담아 건네주었다.

"네네, 여기 있습니다."

손님이 그 자리에서 봉투를 열고 붕어빵을 하나 꺼냈다. 재경은 입으로 붕어빵을 가져가는 손님의 모습을 지켜보며 침을 꿀꺽 삼켰다.

"오오오!"

붕어빵을 한 입 베어 문 손님이 꿈을 꾸는 듯한 눈길로 마차 너머의 하늘을 바라보았다. 당장에라도 쓰러질 것 같아서 채빈이 재빨리 의자를 내놓고 손님을 앉혔다.

'어때?'

채빈이 눈짓으로 재경에게 물었다. 재경은 안도의 한숨을 내쉬었고, 채빈은 매우 빠른 속도로 스페셜 붕어빵을 굽기 시작했다. 이제부터가 진짜 전쟁의 시작이니까.

"스페셜 붕어빵이요! 5마리 주세요!"
"저는 20마리 주세요! 오뎅은 얼마씩 해요?!"

"네네, 잠시만 기다리세요! 금방 됩니다!"

미리 준비를 해두었는데도 심각하게 빠듯했다.

몰려든 손님들로 인해 바깥쪽에서는 아예 마차가 보이지도 않을 정도였다. 멀리서 지나가는 누군가 봤다면 연예인이라도 나타났나 생각했을 것이다.

재경은 자신의 걱정이 완전히 기우였음을 인정하고 있었다. 채빈이 제시한 1마리당 3,000원의 가격은 결코 비싼 게 아니었다. 비싼 가격이라면, 흡사 광신도처럼 스페셜 붕어빵을 외치며 밀려드는 이 손님들을 어떻게 설명해야 한단 말인가.

상황은 그야말로 추풍낙엽.

스페셜 붕어빵은 만드는 족족 순식간에 동이 났다. 한 덩치가 큰 손님은 사자마자 모조리 입안에 쑤셔 넣고는 빨리 다음 붕어빵을 구워달라고 아귀처럼 아우성을 치고 있었다.

'끝났다!'

기어이 붕어빵과 오뎅이 모두 바닥이 나버렸다.

채빈은 가쁜 숨을 몰아쉬며 시계를 보았다. 장사를 시작하고 불과 4시간이 채 지나지 않았다. 홍보가 조금 더 이뤄지면 이보다도 훨씬 시간을 단축시킬 수 있게 될 것이다.

잔류한 손님들을 사과해서 돌려보내는 일에도 꽤나 시간이 걸렸다. 마지막 한 손님까지 돌려보내고 나서야 채빈과 재경은 한시름 놓고 매상을 계산했다.

"말도 안 돼……! 내 손으로 직접 팔았지만 믿을 수가 없어!"

스페셜 붕어빵의 매상을 계산하고 난 재경이 두 눈을 부릅뜨고 중얼거렸다. 이내 그녀는 무한한 감격이 어려 있는 얼굴을 채빈 쪽으로 돌리며 소리치듯 말했다.

"299만 원하고도 7,000원이야! 붕어빵만 팔아서 벌어들인 돈이 이만큼이나 돼!"

재경의 두 눈에서 닭똥 같은 눈물이 똑똑 떨어지고 있었다. 불과 4시간 만에 300만 원에 가까운 거액을 벌어들인 것이다. 꿈인지 생시인지 분간이 가지 않을 정도였다.

"어쩌면… 어쩌면 이렇게!"

채빈과 만나기 이전의 나날들이 주마등처럼 재경의 눈앞을 스쳐갔다.

돈이 없어 얼마나 고된 시간을 보냈던가. 수도 없이 쓰러지고 울면서 삶을 저주하고 세상 자체를 미워하기까지 했었다. 자신에게 찾아온 이 엄청난 행운을 도저히 온건한 정신으로 받아들일 수가 없었다.

"축하해요, 누나. 앞으로 더 대박날 거예요."

채빈이 씩 웃으며 엄지손가락을 치켜들어 보였다. 재경 때문에 자신까지 가슴이 먹먹해지는 걸 꾹꾹 눌러 담으면서.

"내 몫은 450마리로 계산해서 줘요. 전에도 말했지만 그 이상 만드는 건 누나 능력이니까."

"아냐, 채빈아! 이건 다 네 덕인데 도저히……."

"더 얘기하면 앞으로 소스 안 줄 거예요. 어디 보자. 내 몫은 135만 원이네. 팥도 섞고 그랬으니까 그냥 쉽게 무조건 한 통에 130만 원씩 줘요. 아, 그리고 그만 좀 울어요."

"흑, 흑."

그러나 재경은 앞치마에 얼굴을 묻고 오래도록 흐느꼈다. 채빈은 몇 번이고 그녀의 가느다란 어깨를 붙잡고 다독여줄까 망설였지만 끝내 부끄러운 마음이 들어 손을 내밀지 못했다.

"오늘 제대로 맛있는 거 살게. 뭐든지 말해."

한참을 울고 난 재경이 젖은 얼굴로 웃으며 말했다.

"킹 크랩이라도 좋으니까 말만 해."

"그러지 말고, 어디 갈래요?"

"어?"

"시간도 이르고 날은 좋잖아요. 저 서울 잘 모르니까 누나가 구경 좀 시켜주면 좋겠는데……."

채빈이 코끝을 만지작거리며 말끝을 흐렸다. 다행히도 재경은 가슴 앞으로 손뼉을 치고는 반색을 했다.

"그래, 좋아! 그럼 1시간 뒤에 사거리에서 만나. 준비하고

와야지."

"준비요?"

재경이 앞치마를 풀어 옆에 내려놓고는 트레이닝복 차림의 몸을 한 바퀴 빙그르르 돌렸다.

"그럼 이러고 나가니? 예쁘게 하고 나가야지."

"아아."

채빈이 고개를 끄덕였다. 재경 누나도 여자가 틀림없는데 당연히 외출할 준비가 필요하겠지. 두 사람은 서둘러 마차를 닫고 일단 각자의 집으로 헤어졌다.

'아, 신경 쓰이네……'

집으로 돌아온 채빈은 옷가방을 뒤적이다 말고 벌러덩 드러누웠다. 예쁘게 하고 나가겠다는 재경의 말 때문인지 입을 만한 옷이 하나도 눈에 보이지 않았다.

'씨발, 그냥 이 기회에 옷을 사자!'

돌이켜보니 중학교 시절 이후로 제대로 자기 옷을 사본 일이 없는 듯했다. 은효가 선물로 가끔 사다 준 셔츠나 바지를 빼면 제대로 된 옷이라는 게 거의 없었다.

내친 김에 서두르기로 마음을 먹었다. 채빈은 재빨리 샤워를 하고, 주유소에서 받은 70만 원의 월급봉투를 챙긴 다음 집을 나섰다.

채빈이 당도한 곳은 평소 지나치면서 보았던 사거리의 패

선 아울렛이었다. 주말인 탓에 아울렛 내부는 인산인해를 이루고 있었다.

'내 옷이 제일 낡네.'

그럴 필요없다고 생각하면서도 자꾸만 주눅이 들었다. 고개를 숙이자 낡아서 앞코가 절반 이상 뜯겨진 운동화가 보였다. 생각해 보면 이 운동화도 참 많은 고생을 했다.

'주눅이 드는 것도 딱 오늘까지다.'

채빈은 아울렛을 돌아다니며 깔끔하면서도 예쁜 옷들을 하나씩 샀다. 바람막이 점퍼, 셔츠, 슬림한 청바지, 목이 높은 운동화……. 하나같이 학생 시절 사고 싶었던 옷들이었다.

'뭐 이렇게 비싸지?'

계산을 하고 나니 입이 다물어지지 않았다. 옷을 사본 지가 하도 오랜만이라 옷값에 대한 감각이 부족하기도 했지만, 그래도 40만 원의 돈이 순식간에 삭제되다니.

채빈은 화장실로 가 낡은 옷을 벗고 새 옷으로 갈아입었다. 그리고 부끄러운 마음에 쭈뼛거리며 세면대 거울 앞으로 나섰다.

'오, 제법 폼이 나는데?'

자화자찬이 아니었다. 옷이 날개라고 매일같이 본 자신의 모습이 전혀 다르게 보였다.

채빈은 희죽거리며 거울에 이리저리 한참이나 몸을 비춰

보았다. 그런 다음 낡은 옷들을 쇼핑백째로 버리고 화장실을 나섰다.

"앗, 죄송합니다."

급히 나서는 바람에 마주 오던 여자와 부딪칠 뻔했다. 여자도 채빈에게 고개를 숙여 보이며 옆으로 지나쳤다. 그 찰나의 순간 여자와 채빈의 시선이 마주쳤다.

'왜 봤지? 내가 멋있어서 본 건가?'

하루쯤은 착각에 빠져 살아도 되지 않을까. 아니, 어쩌면 착각이 아닐지도 몰라. 정말로 그 여자는 내가 너무 멋있어서 슬쩍 쳐다본 거란 말이지. 그런 생각을 하자 채빈의 입에서는 쿡쿡 웃음이 새어나왔다. 손으로 얼굴을 가린 채 웃으며 걸어오는 채빈을 보고 앞의 여자가 옆으로 비켜서고 있었다.

재경과의 데이트는 더없이 즐거웠다.

번화가를 함께 걷고, 밥을 먹고, 아이스크림을 먹고, 아이쇼핑을 하면서 채빈은 쉴 새 없이 즐거운 웃음을 터뜨렸다.

킹 크랩은 아니었지만 맛있는 식당에서 저녁을 먹었다. 반주 삼아 소주도 조금 마셨다.

"아, 잘 먹었다."

두 사람은 기분 좋게 부른 배를 쓰다듬으며 어두워진 밤거리로 나섰다. 마침 눈에 뜨이는 분수대가 있어 잠시 쉬기로 하고 다가가 나란히 앉았다.

"재미있었어. 그치?"

채빈은 슬쩍 그녀를 보며 고개를 끄덕였다. 똑바로 얼굴을 쳐다보기가 힘들어서였다. 오늘 함께 있는 동안 내내 그랬다.

재경은 보통 예쁘게 하고 나온 게 아니었다. 머리를 사과처럼 올리고, 화장을 하고, 무릎 위에 겨우 닿는 치마를 입고 나왔다. 그래서 얼굴을 보기도 힘들었지만 다리 때문에 고개를 숙이고 있기도 거북했다.

"많이 걷긴 했나봐. 다리가 욱신거리네."

재경이 다리를 풀고 반대로 꼬았다. 허벅지 부분의 검은 스타킹이 쫙 당겨지면서 한결 강렬한 광택을 일으켰다. 그것만으로도 채빈은 숨이 콱 막히는데 재경은 두 손으로 무릎 위의 자기 허벅지를 주무르기까지 했다.

"왜 그렇게 말이 없어?"

"아니, 아니요, 아무것도."

내가 남자로 보이지 않는 것일까. 아니면 원래 무덤덤한 성격인 탓일까. 채빈은 궁상맞은 생각에 잠겨 더욱이 할 말을 잃었다.

"힘들지? 많이 걸어서."

"그런 거 아니고요. 그냥 좀……."

채빈이 화젯거리를 찾아 사방을 두리번거렸다. 딱히 말할 거리가 눈에 뜨이지 않았다. 그런 차에 재경이 등 뒤의 분수대를 돌아보며 중얼거렸다.

"분수대가 작동을 안 하네."

"왜요? 보고 싶어요?"

"이거 멋있거든. 저 석상 입이랑 두 손에서 물이 동그랗게 쏟아져 나와. 이렇게."

재경이 허공에 대고 두 손으로 시늉을 해 보였다.

채빈이 물끄러미 석상을 돌아보았다. 그리고 서서히 텔레키네시스의 비전을 발동시켰다. 바닥에 고여 있던 물이 솟구쳐 올라 석상의 내부를 관통하기 시작했다.

쏴아아아!

"어머, 작동을 하네?"

석상의 입과 두 손에서 물줄기가 뿜어져 나오고 있었다. 하지만 그것도 겨우 10초가량 지속되었을 뿐 이내 물줄기는 힘없이 멈추고 잠잠해졌다. 채빈의 마나가 그새 고갈된 것이다.

"아우······!"

재경에게 분수를 보여주고 싶어서 무리하고 말았다. 채빈은 머리가 너무 아파 고개를 떨어뜨리고 신음을 흘렸다.

"왜 그래? 머리 아파?"

"아니요. 잠깐 좀······. 어지러워서 그래요."

"약 사다 줄까? 잠깐 있어. 약 사다 줄게."

"아니요. 진짜 잠깐 쉬면 돼요."

"그럼 좀 누워 있어."

"어어?"

재경이 느닷없이 채빈을 끌어당겼다. 거부할 새도 없었다. 채빈은 순식간에 재경의 허벅지를 베고 옆으로 눕게 되었다.

"아……."

"왜? 불편해?"

"아니요. 그럴 리가……."

늘씬한 허벅지의 탄력이 눌린 귀와 뺨으로 여실히 전해져 왔다. 심장이 터질 것처럼 날뛰고 있었다.

"가로등 때문에 눈부시면 돌아누워."

"네? 아니, 그럴 정도는 아니고……. 어어."

재경이 채빈을 반대로 돌려 눕혔다.

블라우스 밑에 살짝 드러난 벨트의 버클이 채빈의 코앞에 있었다. 알싸한 향기까지 밀려들면서 채빈을 가슴 깊이 감동시켰다.

한편으로는 이거 뭐지, 싶었다.

자신을 남자로 보지 않는 것이다. 아무리 여자가 무덤덤한 성격이라고 해도 이렇게까지는 못한다.

무릎을 베고 누운 채로 고개를 들자 큰 가슴에 가려져 재경의 얼굴이 보이지 않았다. 어쩐지 채빈은 두통이 더욱 심해지는 느낌이 들어 눈을 감고 말았다.

"남동생이 있었어."

재경이 혼잣말을 하듯이 나직이 말했다. 거짓말처럼 채빈의 심장 박동이 평소처럼 잔잔해졌다.

"갑자기 생각이 나네. 내 다리 베고 누워서 낮잠 자는 걸 참 좋아했는데. 내 동생이어서가 아니라 참 귀여웠거든. 살아 있다면 지금 고등학생이 됐을 텐데……."

왜 죽었는지는 묻지 않기로 했다. 병인지 사고인지 이제 무슨 상관이 있을까. 괴로운 마음이야 어쩔 수 없겠지만 모두 지난 과거인데.

"미안해, 이런 얘기 듣기 싫지?"

"재경 누나."

"어?"

"한 가지 부탁해도 돼?"

"말해 봐."

"들어줄 거야?"

"들어보고."

"아, 됐어. 말 안 해."

"알았어, 들어줄 테니까 말해 봐."

"진짜지?"

"어."

채빈이 쿡쿡 웃었다.

재경이 의아해하며 고개를 아래로 늘어뜨렸다. 출렁이는 머리칼 끝이 채빈의 뺨을 간질였다.

"왜 웃어? 부탁이 뭔데?"

"이제 됐어."

"되긴 뭐가 돼? 부탁이 뭔데?"

"누나가 벌써 들어줬어."

"무슨 소리야?"

"몰라도 돼."

"말 안 할 거야? 궁금하잖아. 빨리 말해."

"아무것도 아니라니까."

"꼬집는다?"

"하지 마."

재경은 채빈이 자연스레 말을 놓고 있다는 사실을 전혀 깨닫지 못하고 있었다. 계속되는 질문을 못 들은 척 채빈은 아예 눈을 감았다.

'편안하다······.'

남동생이 재경 누나의 다리를 베고 자는 걸 왜 그토록 좋아했는지 알 것 같았다. 아주 잠깐 채빈은 생각했다, 이대로 아침이 올 때까지 두통이 멈추지 않았으면 좋겠다고.

제6장

반성

이계
마왕성

즐거운 일요일.

채빈은 독트로스 광산에 진입가능한 시간이 되자마자 지하 창고를 통해 마왕성으로 달려온 참이었다. 독트로스 광산 던전을 공략하고 코인을 모아 마왕성을 개발시키기 위해서.

빠아아악!

"꾸에에에엑!"

마지막 한 놈의 좀비 괴물이 비명을 토해내며 거꾸러졌다. 채빈은 내지른 야구 방망이를 거두고 숨을 헐떡이며 쪼그려 앉았다.

"지겨운 광산! 이제 끝이다!"

즐비한 시체들의 틈바구니에서 채빈이 소리쳤다.

주머니 가득 모인 코인이 더없이 든든했다. 마왕성을 개발시킬 코인을 확실히 모았다.

철컹!

채빈은 시체에서 얻은 열쇠로 철문을 열고 보상 공간으로 들어갔다. 벌써 4번째 마주하는 상자지만 볼 때마다 가슴이 설레는 건 마찬가지였다.

"나이스!"

이번에는 기쁘게도 금이 있었다. 금 옆으로 설명서 양피지와 끈으로 묶인 마법서적 책자 1권이 보였다. 채빈은 금을 챙겨 주머니에 넣고 설명서를 확인했다.

〈상자 보상 안내〉

1. 매직 애로우 마법서
—종류:1서클 마법서적
—산지:로쿨룸 대륙
—설명:마나의 기운을 응축시켜 발사하는 기본적인 공격 마법. 1서클의 마나를 갖춘 자라면 사용 가능하다. 책을 펼치면 습득할 수 있다.

—요구 조건:1서클 이상의 마나

2. 금
—종류:광물
—산지:로쿨룸 대륙
—설명:특이사항 없음.
—요구 조건:없음

설명서를 확인하고 난 채빈은 두 배로 기분이 좋아졌다. 금을 얻은 것만 해도 즐거운데 마법까지 새로운 걸 얻었다.

채빈은 보상을 고이 챙겨 마왕성으로 돌아왔다.

"자, 일단 마왕성부터 개발을 시켜야지?"

채빈은 기존에 모아두었던 것과 오늘 추가로 획득한 코인을 합쳐 셈을 했다. 총 343코인이었다. 마왕성을 개발시키고도 충분히 남는 양이었다.

채빈은 탁자 위의 악마 동상 투입구에 열심히 코인을 넣었다. 280코인을 정확히 넣은 후 동상을 작동시켜 마왕성의 게시판을 띄웠다. 이제는 조작이 익숙해진 채빈은 쉽게 항목을 찾아내고 마왕성 개발을 활성화시켰다.

〈마왕성의 게시판〉

1. 개발 진행 중
A. 마왕성(Lu.1→Lu.2)
―완료까지 남은 시간:9분
―개발 진행 중에는 다른 작업을 할 수 없습니다. 개발을 취소하시려면 접촉하십시오.
―생명체가 존재하면 개발이 완료되지 않으니 완료시점에는 마왕성을 비워주십시오.

'후후후.'

채빈은 벌써부터 궁금했다. 마왕성 자체에 새로이 생겨날 기능도 궁금했지만, 사실 던전 관리소처럼 독립적인 기능을 가진 새로운 건물의 등장이 몹시도 기대되는 것이었다.

채빈은 우선 마왕성을 벗어나 집으로 돌아왔다.

9분의 개발 시간 동안 새로 얻은 매직 애로우 마법을 습득하고 시험을 해볼 생각이었다.

슈우우욱!

끈을 풀고 책자를 열자 매직 애로우의 비전이 떠올라 채빈의 머리에 새겨졌다. 채빈은 밥을 먹듯 자연스럽게 비전을 받아들이면서 뒤꼍으로 나갔다.

"오호, 이건 마나를 발사하는 마법이네."

양피지 설명서에도 나와 있지만 머리에 새겨진 비전 덕에 마법의 정체가 한결 확실해졌다.

채빈은 일단 주위에 누가 없는지 확인한 다음 가만히 호흡을 가다듬었다. 표적은 10미터 거리 앞에 놓인 고철 TV였다. 텔레키네시스 마법을 시전하다 떨어뜨렸던 탓에 액정에 균열이 나 있었다.

―매직 애로우, 발동.

스으으윽!

채빈이 가슴 앞으로 손을 뻗었다.

넓게 편 손바닥 위로 푸르고 둥그스름한 마나 덩어리가 불쑥 생겨났다.

채빈은 비전의 안내에 따라 조심스럽게 팔을 뒤로 당긴 다음, 고철 TV를 향해 힘껏 마나 덩어리를 내던졌다.

퍼어엉!

"제길!"

조준이 쉽지 않다는 걸 단번에 느꼈다.

나름 정확히 던졌다고 생각했는데 마나 덩어리는 고철 TV와는 전혀 다른 위치의 쓰레기더미 한복판으로 처박혔다. 폭발과 함께 하늘 높이 솟구친 휴지조각들이 눈처럼 나풀나풀 떨어지고 있었다.

"좋아, 한 번 더."

마나의 부작용으로 인한 두통이 그다지 심하지 않았다. 텔레키네시스 마법을 사용할 때보다 훨씬 가벼운 느낌이었다.

채빈은 침착하게 두 번째 마나 덩어리를 손 위로 만들어냈다. 그리고 더욱 더 조심스럽고 신중하게 고철 TV를 겨냥한 뒤 힘껏 던졌다.

퍼어엉!

"아우, 씨!"

이번에도 빗맞았다. 마나 덩어리가 처박힌 돌담이 움푹 꺼져들면서 흙먼지를 우수수 쏟아내고 있었다.

"망할, 한 번 더!"

머리가 욱신거리기 시작했지만 이대로 포기할 수는 없었다. 채빈은 세 번째의 마나 덩어리를 손에 만들어 고철 TV를 향해 내던졌다.

퍼어어엉!

"굿샷!"

고철 TV가 액정 조각을 흩뿌리며 튕겨나갔다. 채빈은 가까스로 만족하고 내질렀던 손을 거두어들였다.

"아오, 이거 끽해야 5번 쓰면 한계겠는데."

두통이 무시하지 못할 수준으로 밀려왔다. 말이 최대 5번이지 급박한 전투에서라면 3번으로 그치는 편이 나으리라는 판단이 섰다.

채빈은 시원한 바람에 머리를 잠시 식히면서 앉아 있다가 시계를 확인하고 일어섰다. 벌써 9분이 다 지나고 마왕성 개발이 끝났을 시간이었다.

"흐음?"

기대를 품고 마왕성으로 돌아간 채빈이 처음 느낀 감상은 크게 달라진 점이 없다는 것이었다. 공간이 확장되지 않고 그대로인 탓이리라. 다만 오두막은 구릿빛 벽돌에서 황금빛 벽돌로 변경되어 있었다.

마왕성(Lu.2)

습관처럼 올려다본 문패는 어쨌든 분명히 개발이 되었음을 알려주고 있었다.

대체 이 마왕성은 언제쯤 오두막의 모습을 벗어나 성다운 면모를 갖추게 될까. 채빈은 아쉬움을 뒤로하고 안으로 들어가 보았다.

"참나!"

채빈이 어이가 없어 주먹으로 벽을 때렸다.

내부는 정말이지 털끝 하나 바뀌지 않은 그대로였다. 하다못해 모포마저 여전히 자줏빛이었다. 무려 280코인이라는 거액을 투자했는데 이런 법이 어디 있단 말인가.

어쨌거나 울분을 토해봤자 소용없는 일. 채빈은 동상의 돌기를 조작해 마왕성의 게시판을 띄웠다. 새로이 생겨났을 기능과 개발항목이 자신을 놀라게 해주기를 간절히 기대하면서.

〈마왕성의 게시판〉

I. 개발 상태
A. 마왕성(Lv.2)
─설명:마왕의 거처.
─기능:마왕성에서 수면할 경우 체력 회복력이 20%, 상처 치유력이 40% 상승한다.

"상처 치유력 상승?"

몸을 다쳤을 때 마왕성에 잠을 자면 빨리 치료가 된다는 것인가? 단순히 체력회복만이 아니라 상처까지 치유를 시켜준다고? 이건 결코 무시할 기능이 아니었다. 볼품없는 마왕성의 외관에 실망했던 마음이 저만치로 날아가고 있었다.

개발 상태 항목은 더 이상 볼 것이 없었다. 어차피 마왕성 말고 개발한 거라곤 Lv.1의 던전 관리소밖에 없는 상태니까. 채빈은 눈을 밑으로 내려 개발가능 목록으로 시선을 모았다.

2. 개발가능 목록

A. 마왕성(Lu.2→Lu.3)

―설명:마왕성이 Lu.3의 고풍스런 오두막으로 개발된다.

―소요시간:16분

―요구 조건:420코인

B. 던전 관리소(Lu.1→Lu.2)

―설명:로쿨룸 대륙에 이어 새로운 천화지 대륙 던전이 개방된다.

―소요시간:2분

―요구 조건:55코인

C. 공작소(비활성화→Lu.1)

―설명:공작소를 개발한다. 각종 무구를 비롯한 물품을 제작하는 한편 합성 및 강화를 할 수 있다. 레벨이 높아짐에 따라 다루는 종류가 증가한다. 던전에서 획득한 전리품의 감정도 이곳에서 할 수 있다.

―소요시간:10분

―요구 조건:90코인

"우와, 공작소는 또 뭐야?!"

이런 대장간 같은 기능을 가진 건물까지 나타나리라고는

예상하지 못했다.

채빈은 입을 다물지 못한 채 몇 번이고 말풍선의 설명을 반복해 읽었다. 빨리 개발해보고 싶은 욕구가 봇물 터지듯 밀려왔다.

'새로 던전도 열리는 모양인데?'

던전 관리소 항목 설명에 나온 '천화지'라는 대륙 이름이 채빈의 관심을 잡아끌었다.

현재 3개의 대륙 중 독트로스 광산 던전을 품은 로쿨룸 대륙만 활성화가 되어 있는 상태다. 천화지는 아마 남은 두 대륙 중 하나일 것이다.

채빈은 마왕성을 개발하고 남은 코인을 헤아려 보았다. 총63코인이었다.

'어떡하지?'

일주일을 더 기다려서 독트로스 광산 던전을 공략하여 공작소 개발비용을 모을 것인가. 아니면 55코인을 당장 투자해 던전 관리소를 개발하여 천화지를 활성화시킬 것인가.

채빈은 길게 고민하지 않고 결정을 끝냈다. 던전 관리소부터 개발시켜서 천화지를 방문해보기로 마음을 먹은 것이다. 어쩌면 독트로스 광산을 훨씬 웃도는 양의 코인을 얻을 수 있을지도 모르는 일이니까.

채빈은 55코인을 악마 동상에 넣고 개발가능 목록의 던전 관리소로 손을 뻗었다. 접촉에 반응하면서 게시판이 갱신되었다.

〈마왕성의 게시판〉

1. 개발 진행 중
A. 던전 관리소(Lv.1→Lv.2)
—완료까지 남은 시간:2분
—개발 진행 중에는 다른 작업을 할 수 없습니다. 개발을 취소하시려면 접촉하십시오.
—생명체가 존재하면 개발이 완료되지 않으니 완료시점에는 마왕성을 비워주십시오.

채빈은 집으로 돌아와 낡은 트레이닝복으로 갈아입고 야구 방망이도 챙겨 들었다. 그리고 2분이 지나기가 무섭게 마왕성으로 되돌아갔다.

백색 구조물인 던전 관리소의 외관은 전혀 달라진 부분이 없었다. 문패만 '던전 관리소(Lv.2)'로 바뀌어 있을 뿐이었다.

채빈은 던전 관리소의 문을 열고 안으로 들어갔다.

원형 공간 중앙의 정사각형 탁자로 가 지도를 들여다보았다. 과연 로쿨룸에 이어 또 하나의 새로운 대륙이 활성화되어 있었다.

〈천화지 대륙〉
―상태:활성화
―총 던전 수:11개
―진입가능 던전 수:1개
―공략한 던전 수:0개
―확대해서 보려면 접촉하십시오.

채빈이 손을 뻗어 천화지 대륙을 확대시켰다.

로쿨룸 대륙과 마찬가지로 대륙의 여기저기에 엄지손톱 크기의 검은 지점이 흩어져 있었다. 총 11개의 지점 중 동쪽의 단 하나만 푸르스름한 빛을 내뿜고 있는 것도 똑같았다.

채빈은 손가락을 내밀어 푸른 지점을 눌렀다. 빛줄기가 솟구치면서 눈앞에 말풍선이 생겨났다.

〈동부 지저성〉
―지역:지하요새
―유형:무한 던전
―진입 조건:160시간 간격으로 재진입 가능

―난이도:☆

―획득가능 보상:에릴코인, 젤마코인, 축령구, 10년 내공의 정수, 20년 내공의 정수, 9등급 오의비전서 전반, 9등급 무공서 완전판 전반, 장비 레시피

―몬스터 정보:없음

―추가 정보:없음

―공략횟수:없음

―진입하려면 접촉하여 마법진을 활성화하십시오.

보상의 종류가 독트로스 광산과는 판이했다.

채빈은 몸을 펴고 똑바로 서서 심호흡을 했다. 그리고 생각했다. 두려워할 것 없다. 난이도는 독트로스 광산과 똑같다. 이 떨림은 처음이기에 가질 수밖에 없는 당연한 흥분일 뿐이다.

슈우우우욱!

채빈이 마법진을 활성화시켰다.

야구 방망이를 움켜쥔 손에 힘이 가득 들어갔다. 다시 한 번 숨을 몰아쉰 다음, 채빈은 천화지의 새로운 던전인 동부 지저성으로 발을 들이밀었다.

"…뭐야?"

던전에 도착하자마자 채빈이 멍한 얼굴로 중얼거렸다.

독트로스 광산과는 전혀 다른 풍경이었다. 채빈이 서 있는 곳은 사방이 훤히 트인 광장 한가운데였다. 광장은 너비 100미터 정도의 사각형. 전역이 회색빛의 석회암으로 구성되어 있었다.

고개를 드니 보이는 천장이 까마득히 높았다.

바닥과 똑같은 석회암 천장 곳곳에 빛나는 돌이 박혀 있었다. 돌에서 나오는 하얀 빛이 어찌나 밝은지 사방이 낮처럼 환했다.

"여기서 뭘 어떻게 하라는 거야?"

오직 드넓은 광장일 뿐, 눈에 특별히 보이는 장치라고는 없었다. 바닥을 샅샅이 돌아보아도 마법진 하나 발견할 수 없었다. 채빈은 속이 탔다.

바로 그때였다.

쿠우우웅!

광장 동쪽 끝의 벽에서 육중한 소리가 일어났다.

채빈이 놀란 시선을 화들짝 향했다. 동쪽 벽면의 한가운데가 서서히 열리고 있었다. 그제야 채빈은 거기에 설치되어 있는 문의 존재를 알아차릴 수 있었다.

열린 문을 통해 거대한 형체가 모습을 드러냈다. 형체는 돌가루를 우수수 흩뿌리며 문을 빠져나와 채빈의 시야 한가운데 오롯이 섰다.

"뭐야, 저건!"

채빈이 경악하여 소리쳤다.

석회암으로 만들어진 거대한 괴물이었다.

머리의 투구를 비롯해 갑옷을 챙겨 입고 오른손에는 기다란 돌창을 들고 있었다. 언젠가 들렀던 절의 벽화에서 본 동양의 야차와 흡사한 풍모였다.

먼 거리라서 자세히 파악하긴 힘들었지만 신장이 적어도 2미터는 넘을 듯했다.

채빈은 오금이 와들와들 떨렸다. 독트로스 광산의 좀비들과는 급이 다른 놈들이라는 걸 본능적으로 체감하고 있었다.

쿠우우우웅!

채빈이 진정하기도 전에 이번에는 서쪽 벽면에서 굉음이 일어났다. 연이어 문이 열리면서 두 번째 야차가 나타났다. 창 대신 활을 들고 있다는 게 다를 뿐 동쪽의 야차와 모습은 비슷했다.

'이거 설마……?'

채빈이 증폭되는 공포 속에서 남은 두 벽을 돌아보았다. 아니나 다를까, 남쪽과 북쪽의 벽면 역시 문이 열리며 2명의 야차가 추가로 나타났다. 하나는 반달형태의 칼을, 또 하나는 끄트머리가 두꺼운 봉을 지니고 있었다.

쿵! 쿵! 쿵! 쿵!

사방의 문이 차례차례 닫혔다. 그 소리를 신호로 삼은 듯이 4명의 석회암 야차가 채빈을 향해 걸어오기 시작했다.

"뭐 어떡해! 이거 뭘 어쩌라고!"

소리쳐도 그 누가 들어줄 것인가.

야차들은 재질과 덩치에 안 맞게 빠른 걸음으로 압박하듯 다가오고 있었다. 채빈은 침을 꿀꺽 삼키며 야구 방망이를 두 손으로 움켜잡았다.

"이야아아아!"

채빈이 기합을 내지르며 동야차를 향해 달려들었다. 싸움에서 가장 중요한 것은 기선제압이다. 뇌까지 돌인 녀석들이니 그다지 효과는 없겠지만 어쨌든 채빈에게는 달리 수가 없었다.

"죽어라!"

채빈이 방망이를 휘둘러 동야차의 허리를 후려쳤다.

빠캉!

허리 부분이 깨지면서 돌가루가 와르르 쏟아졌다. 충격으로 방망이를 붙잡은 채빈의 두 손이 찌릿찌릿 울렸다.

"억!"

그러나 그것뿐이었다. 동야차는 채빈을 비웃기라도 하듯 신음 한 번 없었다. 그리고는 손에 쥔 창을 머리 높이 치켜드는 것이 아닌가.

부우우웅!

"우와아앗!"

채빈이 림보를 하듯 허리를 뒤로 꺾어 몸을 낮췄다. 가슴팍 위로 동야차의 창이 아슬아슬하게 스쳐지나갔다.

"이 새끼가!"

동야차가 내지른 창을 거두려는 틈에 채빈이 다시금 방망이를 휘둘렀다. 이번엔 다리가 목표였다.

빠캉!

무릎이 박살 나면서 동야차의 몸이 옆으로 약간 기울어졌다. 채빈은 확실하게 거꾸러뜨릴 생각으로 쇳소리를 내지르며 추가타를 날렸다.

빠캉!

쿠우우웅!

동야차가 기어코 무릎을 꿇었다.

채빈의 눈높이까지 머리가 내려왔다. 정수리 한가운데에 박혀 있는 붉은 보석이 보였다. 이것이 약점이다! 채빈은 직감하고 방망이를 쳐들었다.

바로 그 순간.

콰아앙!

"푸헉!"

격렬한 고통과 함께 채빈의 몸이 허공으로 떠올랐다. 등 뒤로 나타난 남야차의 봉이 채빈의 허리를 강타한 참이었다.

우당탕!

"끄으으으……!"

채빈이 허리를 움켜쥐고 이를 악물었다. 목이 뒤로 꺾일 정도로 아팠다. 확실히 갈비뼈 몇 대는 부러져 나간 것 같았다.

"아우으으……. 아퍼!"

입술 틈으로 진한 핏물이 배어나왔다. 가빠진 호흡이 불길처럼 뜨거웠다. 천장과 바닥의 위치가 뒤바뀌면서 시야가 뒤엉키고 있었다.

이것은 공포다.

마왕성에서 이런 강적을 만난 적은 없었다.

허약체질의 좀비 괴물들과는 차원이 달랐다. 공격 한 방에 갈비뼈가 부러졌다. 저런 공격을 또 한 방 맞았다간 곧바로 황천행이 될지도 몰랐다.

"크으윽!"

채빈은 치미는 아픔을 참고 몸을 일으켜 세웠다. 적들이 아픔이 멎기까지 기다려줄 리가 없다. 일단은 살아야 한다. 무슨 수를 써서라도 이 돌덩이들을 물리치고 던전을 빠져나가야 한다.

채빈은 벌써 반성하고 있었다. 마왕성을 너무 만만하게 생각했다. 자신이 생각했던 만큼 언제나 좋기만 한 선물은 결코 아니었다.

쉬이이익!

서야차가 쏜 돌화살이 날아들었다. 채빈은 기겁하여 몸을 움츠렸다. 돌화살이 채빈의 어깨 위를 스치며 살갗을 길게 찢었다.

"아으으윽!"

고통스러워하면서도 채빈은 서야차를 향해 뛰어들었다. 유일하게 원거리 공격을 해대는 놈이었다. 전투를 유리하게 진행시키려면 이놈부터 잡아둬야 하는 것이다.

"이야아아!"

채빈이 몸을 내던져 서야차의 다리 사이를 통과했다. 그렇게 단숨에 뒤를 잡고 서야차의 다리를 마구 가격하기 시작했다.

빠캉! 빠캉! 빠캉!

다리를 이루는 석회암의 잔해가 우수수 쏟아졌다.

먼지 속에서 서야차가 쿵, 소리를 내며 무릎을 꿇었다. 드러난 정수리 위로 붉은 보석이 보였다.

채빈은 쏜살같이 보석을 방망이로 내리쩍었다.

빠가가각!

보석에 잔가지처럼 균열이 일었다. 거의 그와 동시에 서야차가 상체마저 무너뜨리며 바닥에 길게 엎어졌다. 그리고 침묵했다.

"됐다! 다음은 어떤 놈이냐!"

남은 적들을 향해 소리치면서 채빈은 두려움을 지워버렸다. 충분히 승산이 있었다. 어찌됐든 난이도는 분명히 별 하나. 적들의 속도는 그다지 빠른 편이 아니었다. 주의하기만 하면 능히 피할 수 있을 정도였다.

채빈은 광장을 이리저리 돌며 야차들을 유인했다.

즉흥적으로 떠오른 전법이었다. 서로 멀찍이 떨어뜨린 다음 각개격파를 하기 위해서였다.

"헉! 헉! 헉!"

채빈의 입에서 피거품이 끓었다. 시야가 흐릿해지고 팔다리가 빠르게 무거워졌다. 하지만 멈출 수는 없었다. 그건 곧 죽음이니까.

다행히 채빈의 전법은 주효했다.

야차들은 서로 간격을 벌린 채 하나씩 떨어져 나오고 있었다. 채빈은 그 기회를 놓치지 않고 쫓아가 야차들의 다리를 박살 내고 무릎을 꿇린 다음 머리통의 보석을 박살 냈다.

쿠우우웅!

마지막 야차가 석회암 바닥에 거대한 제 머리를 들이박으며 화려하게 끝을 장식했다. 채빈은 내지른 방망이를 거두어

들이고 쓰러진 야차 옆에 무릎을 꿇었다.

"허억! 허억! 헉!"

방망이에 쓸린 양 손바닥도 온통 벗겨져 시뻘건 핏물로 범벅이었다. 싸우는 동안 잠시 잊었던 허리의 통증이 한꺼번에 되살아났다. 너무 아파서 찔끔찔끔 눈물이 새어나올 정도였다.

우우우우웅!

높은 천장 한가운데가 둥근 형태로 열렸다.

채빈이 가까스로 고개를 들었다. 열린 천장을 통해 나선형의 돌계단이 서서히 내려오고 있었다.

"씨발……."

안도감과 함께 욕설이 터져 나왔다.

이렇게 위험한 던전인 줄 꿈에도 몰랐다.

자신 외에는 탓할 것이 아무것도 없다는 점이 오히려 더욱 화가 났다. 모든 것은 대비를 완벽하게 하지 않은 자신의 잘못이었다.

채빈은 아픈 몸을 이끌고 나선형의 돌계단을 밟아 올랐다. 경황이 없어 야차들의 시체에서 코인을 챙기지도 못했다.

"으으으……."

계단을 다 오르자 좁은 보상 공간이 나타났다.

원형의 마법진 옆으로 상자가 놓여 있었다. 독트로스 광산과 똑같은 이 풍경이 채빈을 적잖이 안심시켰다. 어쨌든 공략에 성공했다는 증거이지 않은가.

채빈이 상자를 열었다.

설명서 양피지와 주먹 크기의 붉은 14면체 주사위, 작은 유리병과 책자 2권이 담겨 있었다. 채빈은 일단 보상들을 집어 들고 마법진을 통해 마왕성으로 돌아왔다.

"병원부터 가야지. 제기랄, 보험도 없는데……."

채빈은 아픈 와중에도 투덜거리며 발길을 질질 끌었다. 뭘 하려고 하건 돈 걱정이 가장 먼저 드는 자신이 한심스럽게 느껴지기도 했다.

마왕성을 지나칠 때였다.

'상처 치유력 40% 상승이라고 했지.'

Lv.2로 개발된 마왕성에 생겨난 새로운 기능이 생각났다. 그 기능이 사실이라면 병원에 가는 건 바보짓일지도 모른다. 공짜로 몸을 치료해주는 마왕성에서 잠을 자는 것이 백번 옳은 행동 아닌가.

채빈은 마왕성을 믿고 몸을 돌려세웠다. 마왕성은 한 번도 거짓말을 한 적이 없었으니까, 적어도 지금까지는.

"아야야야."

채빈이 앓는 소리를 내며 조심스레 마왕성의 침상에 몸을 눕혔다. 베개에 뒷머리를 대고 눈을 감자마자 편안함과 함께 잠이 들이닥쳤다.

'어디 여행이라도 갔나?'

재경은 신호음만 지루하게 울려대는 핸드폰을 떨어뜨리고 화장실 벽에 뒷머리를 기댔다.

벌써 5일째였다. 몇 번이나 전화하고 문자를 보냈지만 채빈은 연락이 없었다. 물론 집으로 직접 찾아가 보기도 했다. 하지만 언제나 텅 비어 있었다.

"재경아, 왜 이렇게 오래 걸리니? 밥 안 먹고."

"응, 엄마. 지금 들어가."

재경이 문을 열며 대답했다. 작은 방 가운데 재경의 어머니 명애가 아침상을 내려놓고 있었다.

"내가 한다니까 왜 그래? 아픈 사람이."

"다 나았어, 이것아. 퇴원도 했는걸."

"낫긴 뭐가 나아? 어디 그게 쉽게 완치되는 줄 알아? 합병증도 조심하라고 몇 번을 말했어? 어지간한 건 다 내가 할 테니까 엄만 좀 쉬어!"

"꽁알꽁알 잔소리는."

명애가 뚝배기 뚜껑을 열었다. 구수한 청국장 냄새가 김과 함께 모락모락 피어올랐다.

"우와, 청국장이다!"

재경이 언제 화를 냈었냐는 듯이 반색을 하고 숟가락을 들었다. 청국장은 명애가 가장 자신있어 하는 요리 중 하나였다. 게다가 재경이 좋아하는 계란말이와 연근조림도 빠지지 않고 상 위에 올라와 있었다.

"맛있겠지 요것아?"

"엄마가 퇴원한 아침부터 직접 밥한다는 거 보고 예상은 했지."

재경이 청국장 한술을 떠서 입으로 가져갈 때였다.

쾅쾅쾅!

"이명애 씨 집에 있죠? 워너머니입니다!"

재경이 숟가락을 든 그대로 얼어붙었다.

명애의 안색도 덩달아 창백해졌다. 대화는 필요하지 않았다. 두 모녀는 방문객이 누구인지 아주 잘 알고 있었다.

"퇴원하셨잖아요! 알고 왔으니까 문 좀 열어요! 돈을 빌렸으면 갚아야 할 거 아닙니까!"

"어떡하니……."

명애가 말끝을 흘리며 고개를 떨어뜨렸다. 딸 앞에서 얼굴을 들 면목이 없었다.

작은아들이 죽고 바람난 남편이 집을 나간 뒤로 명애에게는 재경만이 살아갈 위안이었다. 재경을 키우기 위해 할 수 있는 일은 뭐든지 했다. 식당 일, 건물 청소, 우유 배달 가리지 않고 일했다.

언젠가, 몸이 축나도록 일하는 엄마를 걱정한 재경이 대학 진학을 포기하겠다는 말을 했었다. 당연히 명애는 길길이 뛰었다. 삶이 아무리 기구하다고 해도 딸만큼은 무조건 대학을 보낼 작정이었다.

명애가 어르고 달래며 한참을 설득했지만 재경은 막무가내였다. 결국 그날 명애는 처음으로 딸에게 손찌검을 하고 말았다.

―내가 무슨 생각을 하고 사는데 그따위 소릴 해! 엄마 죽는 꼴 보고 싶어!

명애에게는 배우지 못한 한이 있었다.

부모로부터 여자가 공부 따위 해봤자 무슨 소용이 있겠냐는 말을 귀에 못이 박히도록 들으며 자랐다. 머리가 좋아 고등학생 때까지 줄곧 상위권의 성적이었지만 가뜩이나 팍팍한 삶에 지쳐 있던 부모는 한 번도 눈여겨 봐준 적이 없었다.

명애는 그런 시절의 장녀였다.

여자는 나이가 차면 공장이나 들어가 부지런히 일하고 집에 돈을 보내줘야 하는, 그게 의무처럼 여겨지던 시절의 장녀였다.

―미안해, 재경아. 엄마가 지지리도 못났다.

뺨을 때린 엄마도, 맞고 고개를 숙인 딸도 울었다. 하필 그

날은 살고 있던 방의 보증금이 올라가 이삿짐을 싸던 괴로운 밤이었다.

명애에겐 남편과 함께했던 분식집이 망해 남겨진 빚만 잔뜩 남아 있었다. 말 그대로 땡전 한 푼 없었다. 그래서 결국, 다음 날 명애는 태어나 처음으로 사채에 손을 대고 말았던 것이다.

무슨 정신으로 사채에 손을 댔는지는 스스로도 기억이 나질 않았다. 어떻게든 살아가야겠다는 마음뿐이었다. 사채를 쓰지 않고는 버틸 재간이 없을 것 같았다.

괴로움을 넘어서서 명애는 악착같이 일했다. 그리고는 기어이 재경을 대학에 들여보냈다. 재경이 받아 온 합격통지서를 보고 명애는 동이 틀 때까지 울고 웃기를 거듭했다.

—이제 다 잘 풀릴 거야, 엄마.

자신을 부둥켜안고서 재경은 그렇게 말했었다.

정말 그렇게 될 줄 알았는데. 모든 일이 술술 풀려나갈 줄 알았는데. 갑자기 자기는 쓰러져 일을 못하게 되고, 딸은 멀쩡히 다니던 학교를 휴학하고, 빚은 이토록 눈덩이처럼 불어나게 될 줄은 누가 알았겠는가.

신문에서 화려하게 광고하던 대부업체여서 안심한 게 실수였다. 신문의 광고라면 무조건 신뢰해도 된다고 생각한 게 크나큰 잘못이었다. 얼마나 한심하고 그릇된 판단이었는지.

어쨌거나 본질은 바뀌지 않는 법. 사채는 사채였다.

"이명애 씨! 문 안 열겁니까! 확 부숴버릴라!"

콰앙! 쾅! 쾅!

이제는 숫제 발길질을 해대고 있었다.

명애가 쥔 숟가락이 부들부들 떨리며 탁자 끝을 때렸다. 재경이 손을 내밀어 명애의 손을 살포시 맞잡았다.

"자책하지 마, 엄마. 난 괜찮아."

"재경아……."

"그리고 너무 걱정하지 마. 열심히 일하면 다 갚을 수 있을 거야. 붕어빵도 잘 팔리고 있으니까. 얼른 밥 먹어."

재경이 부술 듯이 문을 때려대는 불청객들을 외면하며 말했다. 명애는 아무 말도 못하고 옷자락으로 붉어진 눈시울을 훔칠 뿐이었다.

"이제 좀 살겠네."

채빈이 한껏 기지개를 펴며 몸을 일으켰다.

부상당한 몸으로 마왕성에서 요양한지도 어언 엿새째였다. 이제 그의 몸은 완벽하게 평소의 상태로 되돌아와 있었다.

마왕성에서만 콕 박혀 시간을 보냈던 것은 아니었다. 밖에 나가서 밥도 사 먹고 책도 사다 읽으면서 시간을 보냈다. 마왕성 탁자의 악마 동상 옆에는 채빈이 사온 책 몇 권이 놓여 있었다.

'앞으로는 조심해야지.'

요양하는 동안 채빈은 뼈저리게 자신의 만용을 질책하고 또 반성했다. 마왕성은 그에 걸맞은 힘을 갖춘 자에게만 진정한 선물이 되는 것이다. 동부 지저성 던전의 야차에게 맞아죽을 뻔했던 일을 떠올리면 지금도 오줌이 질금질금 새어나올 것처럼 무서웠다.

'이제 토요일이구나.'

슬슬 재경에게 마법의 소스를 가져다줘야 할 날이었다. 겸사겸사 마지막으로 갔던 독트로스 광산에서 얻은 금덩이도 처분해야 하고. 게다가 당장 내일이면 또 던전 진입이다. 독트로스 광산뿐만 아니라 천화지 대륙의 동부 지저성까지 2개의 던전을 다녀와야 한다.

그동안 채빈은 자의 반 타의 반으로 재경을 만나지 않았다. 몸을 치료하는 게 급선무였고, 왜 다쳤느냐고 물으면 변명할 거리가 없기도 했기 때문이었다.

"아, 나가기 전에!"

채빈이 손가락을 튕기며 마왕성 탁자로 가 앉았다. 탁자 위에는 동부 지저성 던전에서 사투 끝에 얻은 보상들이 놓여 있었다. 채빈은 양피지를 집어 이미 요양하면서 몇 번이나 읽은 설명을 다시금 되새겼다.

〈상자 보상 안내〉

1. 10년 내공의 정수
―종류:정수
―산지:천화지 대륙
―설명:마시면 10년을 수련한 수준의 내공을 얻을 수 있게 된다.
―요구 조건:없음

2. 삼재검법(三才劍法) 5∼12초식
―종류:9등급 오의비전서
―산지:천화지 대륙
―설명:무당파가 창안한 총 32초식으로 구성된 검법. 습득이 빠르고 적은 내공으로도 상당한 위력을 발휘할 수 있는 점이 특징이다. 5∼12초식이 수록되어 있다.
―요구 조건:없음

3. 황도백양각(黃道降婁脚)
―종류:4등급 오의비전서

—산지:천화지 대륙

—설명:황도십이류(黃道十二流)에 속한 12개의 오의 중 하나. 응축한 내공을 발끝으로 격발시켜서 대상을 공격한다. 최소 1갑자(60년) 이상의 내공을 갖춰야 무리없이 다룰 수 있다. 책을 펼치면 습득할 수 있다.

—요구 조건:10년 이상의 내공

4. 붉은 축령구
—종류:축령구
—산지:천화지 대륙
—설명:14면체의 주사위. 머리 위 높이로 던져서 사용한다. 땅에 떨어진 순간 윗면에 숨겨져 있던 보상이 주어진다.
—요구 조건:없음

설명을 읽고 난 채빈은 우선 축령구부터 사용해보기로 하고 마왕성 밖의 공간으로 나왔다.

언뜻 보기엔 그냥 14면체의 주사위 평범한 주사위였다. 모든 표면은 아무런 글귀도 없이 그저 매끄럽기만 했다.

어쨌든 모르면 해봐야 한다.

채빈은 머리 위로 높이 축령구를 던져 올리고는 뒤로 몇 걸음 물러섰다. 발치로 떨어진 축령구가 얼마간 구르다 한곳에 멈춰 섰다.

파삭!

빛과 함께 축령구가 그 자리에서 부스러졌다.

빛이 꺼진 자리엔 돌돌 말린 자그마한 두루마리가 남아 있었다. 채빈이 두루마리를 들어 끈을 풀고 눈앞에 펼쳤다.

〈마왕성 귀환 스크롤〉
―스크롤을 찢으면 마왕성으로 귀환된다. 1회 사용하면 사라진다.

펼친 두루마리에는 마계 공용어로 그렇게 적혀 있었다. 채빈에게는 무척 반가운 선물이었다. 던전에서 궁지에 몰렸을 때 요긴하게 사용할 수 있을 것이다.

채빈은 두루마리를 원래대로 접어 마왕성 탁자에 가져다 놓고, 유리병과 잿빛 책자 2권을 집어 밖으로 나왔다. 몸이 낫기만을 학수고대했던 이유들이었다.

이제부터 마법에 이어 무공을 습득하는 것이다.

웃음이 쿡쿡 새어나왔다. 바위를 가르고 산을 둘로 쪼개버리는 무림고수들의 모습이 눈앞을 아른거렸다.

한낱 허무맹랑한 이야기일 뿐이라고 코웃음을 치곤 했던 채빈은 더는 없었다. 모든 것이 현실이다. 이 약을 먹으면 나도 단박에 무림고수가 될 수 있는 것이다.

"후후후."

채빈은 10년 내공의 정수 병뚜껑을 땄다. 그리고는 1서클 마나의 정수와 마찬가지로 꼴까닥 마셨다.

"어어?"

변화는 빠르게 일어났다.

배꼽 주위의 뱃속이 불이라도 들어간 것처럼 뜨거워지고 있었다. 마법과는 달랐다. 이것은 고통이었다. 설사 따위와는 견줄 수도 없는 극심한.

"아오! 이거 뭐야!"

채빈이 두 손으로 배를 잡고 이를 빠드득 갈았다. 뱃속의 뜨거움은 점차 거세지기만 하고 있었다. 채빈은 마왕성 벽에 뒷머리를 부딪치며 고통이 잠잠해지기만을 간절히 바랐다.

"후우우!"

거의 정신을 놓을 즈음이 되어서였다.

아랫배를 휘감고 있었던 고통이 조금씩 가시고 있었다. 채빈은 비로소 몸에 힘을 풀고 털썩 주저앉았다.

'이제 내공을 습득한 건가? 이게 10년 내공?'

아랫배가 돌처럼 묵직한 느낌이었다.

처음 느끼는 강하고도 청량한 기운이 뱃속에서 휘몰아치고 있었다. 아마도 이게 내공이라는 것일 텐데 정확히 어떻게

다뤄야 할지에 대해서는 감이 오질 않았다.

'어쨌든 습득은 한 거니까.'

일단은 가진 것을 다 배우고 나서 고민하기로 했다. 채빈은 2권의 책자 중 하나를 꺼냈다. 9등급 오의비전서인 삼재검법 5~12초식이었다.

채빈은 이제 어느 정도 감을 잡았다. 오의비전서는 어떤 무공의 전체가 아닌 일부분을 뜻하는 것이리라. 그에 반해 무공서 완전판이라는 건 모든 초식을 담고 있을 것이고. 아직 획득하지 못해서 장담할 수는 없었지만.

슈우우욱!

책을 펼치자마자 마법서적과 마찬가지로 글자들이 솟구쳐 올랐다. 채빈은 처음으로 겪는 무공의 비전을 놀란 얼굴을 하고 받아들였다.

5초식 회두망월(回頭望月).
6초식 한망충소(寒芒沖宵).
7초식 이산도해(移山倒海).
8초식 지일고승(指日高昇).
9초식 청룡탐조(靑龍探爪).
10초식 발운담일(撥雲胆日).
11초식 우밀휘진(羽密揮塵).

12초식 백사토신(白蛇吐信).

총 8개의 초식이 채빈의 뇌리에서 힘차게 궤적을 그리며 움직이고 있었다. 채빈은 감탄하여 멍하니 머리에 비전들을 새겨 넣었다.

'이제 야구 방망이는 안 되겠는데.'

삼재검법의 습득이 끝나고 처음으로 든 생각이었다. 야구방망이처럼 무겁고 둔탁한 것보다 좀 더 검법에 사용하기 쉬운 무기가 필요했다. 진검까지는 아니더라도 수련용 목검 정도는.

'이제 하나 남았군.'

남은 책자는 황도십이류에 속한 오의 황도백양각이었다.

채빈은 삼재검법 오의를 배울 때와 달리 조금 긴장했다. 일단 무려 4등급 오의비전서였다. 획득가능 보상에도 나와 있지 않았고, 등급대로라면 이건 레어 아이템이라고 봐도 무방했다.

얼마나 강력하기에 4등급일까.

도대체 무슨 무공이기에 1갑자나 되는 내공이 있어야 무리 없이 사용할 수 있다는 것일까. 설마 정말로 하늘을 가르고 땅을 움푹 꺼뜨리는 그런 엄청난 무공은 아니겠지.

채빈은 궁금해하면서 책자를 펼쳤다.

슈우우욱!

'아니, 이게 다야?'

비전을 받아들이고 나자마자 채빈은 어이없어 했다. 황도백양각은 삼재검법과는 비교도 되지 못할 만큼 단순했다. 이건 그냥 내공을 압축시켜 터뜨리는 일직선의 날아차기 아닌가.

'이런 간단한 무공이 4등급이나 된다고?'

무공에 관해 지식이 짧은 채빈으로서는 알 도리가 없었다.

채빈은 일단 야구 방망이를 들고 습득한 비전대로 무공을 연습해보기 시작했다. 삼재검법이었다. 단순한 황도백양각보다는 물 흐르듯 부드럽고 화려한 초식을 가진 삼재검법 쪽에 아직은 훨씬 흥미가 동하고 있었다.

"후우, 이거 제법 힘든데? 방망이가 무거워서 그런가."

힘든 만큼 흥미는 더욱 깊어졌다.

채빈은 학교에서 공부할 때는 한 번도 느껴본 적이 없던 묘한 성취감을 느끼며 한 초식 한 초식 열심히 수련했다. 마왕성 바깥 어딘가에서 힘든 시간을 보내고 있는 재경에 대해서는, 적어도 그 순간만큼은 까마득히 잊고 있었다.

제7장

이채빈 VS 상가연합

이계
마왕성

"누나, 괜찮아?"

"어?"

재경이 소스를 섞다 말고 고개를 들었다. 병든 닭처럼 축 늘어져서 안색마저 파리한 것이 영 채빈의 마음에 거슬렸다.

"표정이 왜 그래? 몸 어디 안 좋아?"

"…아니야, 아무것도."

재경이 말을 얼버무렸다.

사실은 대부업자가 집으로 찾아와 난동을 부리는 바람에 신경과민으로 제대로 자지 못했다. 그 사실을 채빈에게 곧이

곧대로 말할 수는 없었다.

"아니긴 뭐가 아니야? 여기 밖이야. 잠 못 잤어? 너무 힘들면 들어가. 오늘은 내가 할게."

채빈이 말했다.

사실 자신에게 그럴 의무는 전혀 없었다.

자신은 어디까지나 소스만 제공하기로 되어 있고 장사는 온전히 재경의 몫이니까.

하지만 채빈에게 있어 재경은 이미 원칙적으로만 대할 수 있는 사람이 아니었다.

"괜찮다니까. 그리고 내 장산데 내가 해야지, 무슨 소리야."

"힘들면 서로 돕기도 하는 거지, 뭘 그래."

"안 힘들어. 그리고 채빈이 넌 괜찮아? 고향 갔다가 이제 막 올라온 거라면서."

"아, 뭐……. 난 잠도 잘 잤고."

채빈이 시선을 딴 곳으로 돌리며 말을 얼버무렸다. 재경이 말을 계속했다.

"어차피 장사는 내가 하는 거야. 네 일 보고 피곤하면 쉬어. 괜히 나 신경 써서 이렇게 나와 주지 않아도 돼. 그럴 필요도 없고."

재경은 채빈이 고향에 다녀온 줄 알고 있었다. 마왕성에서

요양하고 있었다는 사실을 밝힐 수가 없어 채빈이 그렇게 둘러댔던 것이다.

"아, 맞다."

채빈이 뭔가 생각났다는 표정으로 손가락을 튕기며 일어섰다.

"누나, 나 잠깐만 자리 비워도 되지? 볼일이 있어서. 넉넉잡고 40분이면 돼."

"다녀오면 되지. 신경 쓰지 말라니까."

"금방 올게."

"어."

채빈은 마차를 등지고 사거리 쪽으로 걸음을 향했다. 주머니에는 지난번 독트로스 광산에서 보상으로 얻은 금덩이가 들어 있었다.

'괜히 긴장되네.'

금은방을 품은 좁은 골목 안으로 들어가기 직전 채빈은 잠시 호흡을 가다듬었다. 낡은 금은방 입간판은 그늘진 골목 구석에 변함없이 서 있었다.

생각해 보면 금덩이를 팔고 290만 원을 받아간 지 얼마 지나지도 않은 시점이었다. 일전에 금은방 주인은 훔친 거라도 관계없다고 말은 했지만, 그래도 의심을 받게 될까 봐 적잖이 신경이 쓰이는 건 어쩔 수 없었다.

딸랑딸랑.

채빈이 종소리를 일으키며 문을 열었다.

백발노인은 예전에 봤을 때와 똑같은 자세로, 똑같은 진열대 너머에 앉아 회중시계를 고치고 있었다. 마치 그때부터 지금까지 내내 똑같은 시계를 고치고 있는 것이 아닐까 하는 착각이 들 정도였다.

"안녕하세요."

"어서 오슈."

노인이 고개를 들었다. 채빈의 얼굴을 기억하는 건지 아닌지 알 수 없는 야릇한 표정이었다.

노인의 머리 너머 벽으로 눈길이 갔다. 제각각의 크기와 색을 가진 시계들이 다닥다닥 붙어 있었다. 거기에서 째깍째깍 뒤엉키듯 흘러나오는 시침소리.

이 기묘한 위화감은 처음이 아니었다.

두 번째 방문을 하자 조금 더 확실해졌다. 정확히 형용할 수는 없었지만 마치 다른 세계에 들어온 듯한 느낌이라고 해야 할까.

"…뭐하나, 자네?"

"네?"

채빈이 퍼뜩 정신을 차리고 대답했다.

노인이 돋보기안경을 벗고 얼굴을 쓱 내밀며 물었다.

"금 팔러 왔지?"

"아, 네."

이렇게 묻는 걸 보면 얼굴을 기억하고 있는 것 같기도 한데. 채빈은 주섬주섬 금덩이를 꺼내 노인에게 내밀었다.

"지난번보다 조금 작네."

"그런가요?"

역시 기억하고 있었던 모양이다.

노인은 곧바로 감정을 시작했다. 채빈은 기다리는 동안 진열대의 시계와 장신구들을 구경했다. 그러던 중 유난히 반짝이는 귀걸이가 눈에 띄었다.

"이거 하얀 거 진짜 다이아몬드인가요?"

채빈이 물었다. 문 건너편에서 노인이 모습은 보이지 않은 채 대답했다.

"그럼 가짜게?"

"혹시 금 말고 다른 것도 받아주시나요?"

"돈 되는 거면 다 받아."

노인은 언제나처럼 뜸도 들이지 않고 간단히 대답했다. 아마도, 농담은 아닐 것이다.

채빈이 이런 질문을 한 이유는 던전의 보상 때문이었다. 앞으로 공략할 던전에서 금 말고 또 다른 보석이 나올지도 모르는 일이니까.

뭐가 나오건 이곳으로 가져와서 처분할 수 있었으면 편하겠다고 채빈은 속으로 생각하고 있었다.

잠시 후, 노인이 돌아왔다.

"260만 원으로 퉁."

이렇게 끝에 퉁을 붙이는 것도 노인의 말투인가 싶었다. 예전보다 30만 원 적은 가격이었지만 채빈은 기꺼이 만족하고 고개를 끄덕였다.

"근데 할아버… 아니, 죄송해요. 사장님."

"아무렇게나 불러."

노인이 금고에서 돈을 꺼내 세면서 말했다.

채빈은 침을 한 번 삼키고 눈치를 보면서 생각한 바를 솔직히 물었다.

"그… 원래 이렇게 금을 처분하기가 쉽나요? 아니, 제가 이렇게 여쭤보는 것도 좀 우습기는 하지만요."

노인이 돈을 세다 말고 채빈을 쓱 돌아봤다. 지금까지와는 다르게 매서움이 어린 눈빛이었다. 채빈은 무의식적으로 숨을 멈췄다.

"젊은이."

"네?"

"오지랖 넓으면 오래 못 살아."

"아……. 네."

채빈이 고개를 반쯤 떨어뜨리고 뒷머리를 긁적였다. 노인의 말뜻이 무엇인지 알아차릴 푼수 정도는 충분히 있었다.

노인의 말이 맞다. 나는 처분하기 어려운 금을 팔고 노인은 또 매입해서 나름의 루트를 통해 처분을 할 것이고. 그 과정이 어떻게 이루어지는 것인지 궁금해 할 필요는 없는 것이다.

채빈은 더 캐묻지 않고 입을 다물기로 했다.

"자, 여기 돈. 세어 봐."

"아니요, 맞겠죠."

"쯧. 알아서 해."

노인이 불만스러운 표정으로 혀를 끌끌 차며 손을 내저어 보였다.

"그럼 수고하세요."

채빈은 두툼한 돈 봉투를 주머니에 넣고 인사한 뒤 금은방을 나왔다.

골목을 빠져나오자마자 시끄럽게 울리는 경적소리와 수많은 행인들이 채빈을 기다리고 있었다. 현실로 돌아왔다는 기분과 함께 허기가 밀려왔다.

'재경 누나랑 같이 먹어야지.'

금을 팔아서 주머니 사정도 두둑해진 차에 뭔가 맛있는 걸 먹고 싶었다. 맛있는 걸 먹으면 재경 누나도 조금이나마 기운을 차릴 수 있을 테지. 그런 생각을 하면서 주위를 기웃거리다 보니 마침 새로 개업한 일본 음식점이 눈에 들어왔다.

'초밥이라.'

불현듯 어린 시절 부모님과 초밥을 먹던 기억이 떠올랐다. 그러고 보면 고기만 못 먹고 살았던 게 아니었다. 이제부터 먹고 싶은 건 모조리 사 먹을 것이다. 채빈은 가게로 들어가 초밥 4인분을 주문하고 계산을 치렀다.

초밥을 들고 나왔을 때, 또 한 번 채빈의 시선을 잡아끄는 것이 있었다. 스포츠용품점의 화려한 간판이 채빈의 동공 위로 떠오르고 있었다.

'들렀다 갈까.'

채빈은 아주 잠깐 고민한 끝에 그리로 걸음을 향했다. 던전에서 사용할 무기를 구입하기 위해서였다. 창고에서 주워 줄곧 사용해왔던 둔탁한 야구 방망이로는 삼재검법의 초식을 펼치기가 너무 어려웠다. 비단 그 이유뿐만 아니라 좀 더 편하고 효과적으로 다룰 수 있는 무기를 갖고 싶었다.

"어서 오세요!"

아르바이트생이 우렁찬 인사로 채빈을 맞이했다.

막상 들어선 가게는 밖에서 본 것보다 훨씬 넓었다. 각양각색의 목검에서부터 가검, 그리고 신체 각 부위를 방어할 수 있는 검도용 호구까지 실로 다양한 상품들을 판매하고 있었다.

'왜 이렇게 비싸?'

호구는 기본이 10만 원 단위로 판매되고 있었다. 그 이하로 저렴한 상품은 눈을 씻고 찾아봐도 없었다.

'호구는 좀 더 고민해 보자! 어차피 당장 크게 위험한 던전도 없잖아! 여차하면 내가 그냥 대충 만들어 입으면 돼!'

채빈이 호구가 진열대를 등지고 돌아섰다.

바로 그때, 목검과 가검 진열대 너머로 카운터와 면한 벽면에 진열된 무기들이 채빈의 시야 한가득 들어왔다. 3단봉이었다.

'와, 3단봉이네?'

왜 진작 3단봉을 생각하지 못했을까.

평소엔 손잡이 부분만 남겨 편하게 휴대할 수 있고, 전투할 때가 되면 살짝 힘을 줘서 흔들어 펴주면 된다. 이 얼마나 편리하고 좋은 무기인가.

채빈은 3단봉 진열대 앞으로 가서 이것저것 샘플을 만져본 후에 두랄루민 재질의 은색 3단봉을 집어 들었다.

'이거 괜찮네.'

접었을 때 길이 25㎝, 폈을 때 길이 65㎝, 그리고 무게는 270g. 허공에 대고 몇 번 휘둘러보니 자신의 손에 딱 맞는 느낌이 들었다.

9만8,000원의 가격에 조금 망설여지긴 했지만 이왕 쓰려고 사는 무기 아닌가. 채빈은 과감하게 계산대로 3단봉을 가져갔다.

"좋은 거 고르셨네요."

"아, 그래요?"

"신제품인데 평가가 아주 좋아요. 튼튼하면서도 가볍고 길이도 적당하고요. 호신용으로는 아주 그만입니다."

주인이 엄지손가락을 내밀어 보였다.

호신용이 아니라 공격용으로 구입한 거지만 어쨌든, 채빈은 마주 웃어 보이며 계산을 치르고 가게를 빠져나왔다.

'시간이 벌써 이렇게 됐어?'

살 것을 다 사고 보니 시간이 꽤나 흘러버렸다. 채빈은 양손에 각각 3단봉과 초밥을 들고 집 쪽으로 뛰기 시작했다.

"채빈아!"

채빈을 보자마자 재경이 반가움 가득한 목소리로 소리쳤다. 그녀는 몰려든 손님들에게 거의 파묻히기 직전이었다.

채빈이 헐레벌떡 뛰어가 초밥을 내려놓고 앞치마를 둘렀다.

"사야 할 게 생각나서 좀 늦었어. 기다렸다가 나 오고 난 다음에 개시하지 그랬어?"

"손님들이 몰려오시는데 어떻게 그러니? 채빈아, 미안한데 오늘 하루만 더 도와줄래? 일당 줄게."

"새삼스럽게 또 뭔 소리래? 그냥 솔직히 도와달라고 하면 되지. 오뎅 꽂으면 돼?"

"응!"

폭풍 같은 장사가 오늘도 시작됐다.

채빈과 재경은 눈코 뜰 새도 없이 밀려드는 손님들을 맞아 이리저리 움직였다.

"네네, 여기 있습니다! 네, 감사합니다!"

1초도 손을 가만히 놔둘 새가 없을 만큼 바쁜 시간이 계속해서 흘러갔다.

채빈과 재경은 전혀 깨닫지 못하고 있었다.

마차에서 조금 떨어진 곳에서 이쪽을 바라보고 있는 두 중년 남자의 존재에 대해서.

"씨발, 저거 뭐야? 붕어빵에 히로뽕 넣었나? 왜 저렇게 잘 팔려?"

그들은 상가연합에서 나온 회원 종문과 현삼이었다. 채빈과 재경을 보는 두 사람의 눈에서 불길이 이글거리고 있었다.

'기껏 쫓아냈더니 쌍년이 바퀴벌레처럼……!'

종문이 이를 빠드득 갈았다. 그는 사거리에서 작은 분식집을 운영하면서 그 앞에 따로 기계를 설치해 붕어빵 장사를 겸하고 있었다.

종문은 본래 돈에 대한 집착이 강한 데다 남의 사정을 헤아릴 줄도 모르는 사람이었다. 때문에 자신이 운영하는 분식집 주변에 노점이라도 보인다 치면 모든 수단을 동원해 먼 곳으로 쫓아내곤 했다. 그렇게 쫓겨난 상인들 중에는 재경도 포함되어 있었다.

처음에는 재경을 이런 외곽으로 쫓아낸 것으로 안심했었다. 그런데 이게 웬걸, 어느 날인가부터 붕어빵 매상이 부쩍 줄어들기 시작했다. 손님들이 모조리 재경의 붕어빵을 사 먹으러 간다는 사실을 알기까지는 여러 시일이 걸리지도 않았다.

종문은 분한 나머지 또 한 번 공무원에게 뒷돈을 주면서 수를 썼다. 그로 인해 재경은 고작 일주일에 이틀밖에 장사를 할 수 없게 되었던 것이다.

본디 종문의 의도는 재경이 아예 장사를 못하게 만들 작정이었다. 하지만 공무원은 그렇게까지 몰아붙이기는 어렵다는 말을 했고, 결국 종문도 일주일에 이틀 장사쯤은 수긍하기로 했다.

물론 속이 넓어서 묵인한 건 결코 아니었다. 일주일에 이틀 장사로도 재경에게는 크나큰 타격이 될 것이라고 거의 확신을 했기 때문이었다.

하지만……!

일주일에 이틀만 장사를 하는데도 재경의 붕어빵 장사는 연일 성황이었다. 그에 반해 종문의 가게는 언제나처럼 파리만 수두룩했다.

손님들이 평일엔 돈을 모아두었다가 주말이 되면 한꺼번에 재경의 마차로 몰려들어 붕어빵을 사 먹는다고밖에 표현할 여지가 없었다.

'제기랄……!'

종문이 으르렁거리며 제 주먹을 깨물고 있을 때였다. 곁에 쪼그리고 앉아 있던 현삼이 커다란 덩치를 일으켜 세우고는 중얼거리듯 말했다.

"김 사장, 우리 저거 하나 사 먹어 볼까."

"뭔 소리야? 저걸 왜 사 먹어?"

종문이 단박에 불쾌한 표정을 했다.

내 장사를 말아먹은 년이 파는 붕어빵을 피 같은 돈을 주고 사 먹으라고?

종문은 시종일관 진지한 표정으로 고개를 끄덕이고 있었다.

"왜 저렇게 많이 팔리나 궁금하잖아."

"끄응……."

종문이 앓는 소리를 냈다. 울분이 터지기야 했지만 사실 맛이 궁금한 건 그 역시 마찬가지였다. 도대체 무슨 맛이기에 저렇게 사람들이 붕어빵 하나 사 먹으려고 미쳐 날뛰고 있는 건지.

"내가 하나 사 와볼게."

현삼이 마침 붕어빵을 사들고 이쪽으로 오는 중년 남자에게 다가갔다. 막 붕어빵 하나를 입에 넣으려던 남자는 커다란 덩치의 현삼이 눈앞에 버티고 서자 몸을 움찔 떨었다.

"뭐, 뭐요?"

"아저씨, 그거 하나만 파슈."

현삼이 봉투를 가리키며 말했다.

남자는 검은 정장 차림의 현삼이 깡패라고 생각했는지 사시나무처럼 오금을 떨었다. 이건 현삼의 의도대로였다. 그는 자신의 커다란 덩치와 험상궂은 인상을 활용하는 법을 알고 있었다.

"왜 그렇게 떨어요? 그냥 달라는 것도 아니고 돈 드린다잖아."

"그, 그럽시다. 그럼."

"얼마예요?"

그렇게 물으며 현삼이 주머니에서 500원 동전을 꺼냈다. 남자가 머뭇거리는 기색으로 어렵사리 대답했다.

"3,000원이요……."

현삼이 돈을 쥔 팔을 내민 자세 그대로 멈춰 섰다.

"뭐요? 얼마?"

"3,000원이요. 이게 평범한 붕어빵이 아니라서 1마리에 3,000원……."

남자는 더 말을 잇지 못했다. 현삼의 얼굴이 즉석에서 프레스에 말려들어가는 폐차처럼 찌그러지고 있었던 것이다.

"그, 그냥 드리겠소."

남자가 붕어빵을 낼름 내밀었다. 현삼이 거짓말처럼 구겨졌던 표정을 풀고 너털웃음을 터뜨렸다.

"에이, 그러면 내가 너무 죄송하고. 자, 여기."

현삼이 500원을 주고 붕어빵 1마리를 받았다. 남자는 동전을 받자마자 도망치듯 길 너머로 뛰어가 사라졌다.

"장난하나. 쥐새끼 좆만 한 붕어빵 하나에 3,000원이 뭔 지랄이여, 지랄이."

현삼이 꽁무니를 빼는 남자의 뒷모습을 보며 이죽거리고는 붕어빵을 덥석 베어 물었다. 몇 번인가 입을 우물거리고 맛을 음미한 다음, 그는 선 자세 그대로 돌처럼 딱딱하게 굳고 말았다.

"어이, 박 사장. 왜 그래?"

종문이 기이한 눈초리로 물었다.

현삼은 여전히 아무런 반응이 없었다.

"뭐하는 거야. 면상에 풍 왔어?"

"어, 기, 김 사장. 이거… 이거……."

절반 남은 붕어빵을 내려다보며 현삼은 도무지 말을 잇지 못했다. 급기야 그는 두 손으로 양 뺨을 쥔 채 부들부들 떨기까지 했다.

"박 사장, 어이 박현삼! 당신 지금 뭐하냐고."

"…너무 맛있어."

"뭐?"

"좆나 맛있어! 이, 이건 악마의 붕어빵이야!"

"오바하긴 씨발. 나한테 줘봐."

종문이 현삼의 손에서 붕어빵을 낚아챘다. 그리고는 붕어빵의 꼬리 부분을 한 입 베어 물자마자 현삼과 마찬가지로 몸이 굳었다.

"야, 이거……!"

"거봐, 이 사람아! 나랑 반응 똑같네!"

두 남자의 시선이 약속이라도 한 것처럼 동시에 마차로 향했다. 마차는 여전히 손님들에게 가득 둘러싸인 채였다. 어쩌면 이토록 장사가 잘 되는 건지 이제야 납득이 되는 종문이었다.

"어이, 김 사장."

현삼이 마차로 시선을 둔 채 종문의 옆구리를 팔꿈치로 쿡 찔렀다.

"왜 그래?"

"이 붕어빵 우리가 먹자."

"우리가 먹자고?"

현삼의 말뜻이 무엇인지 종문은 단박에 알아차렸다. 이 엄청난 맛의 핵심은 붕어빵 속에 들어가는 소스다. 소스의 출처나 제조법을 빼앗자는 뜻이었다.

"이 붕어빵 소스 만드는 법만 알아내면 만사 오케이야. 상가연합에는 비밀로 하고 다른 동네로 뜨자구. 자네도 요즘 매출 영 아니잖아."

"으음……. 그렇게 쉽게 될까?"

종문이 소심한 면모를 드러내며 망설였다. 현삼이 답답하다는 기색으로 제 가슴을 쾅쾅 쳤다.

"일단 좋은 말로 구슬려 봐야지. 그게 안 되면 소스를 좀 쌔벼 가자고. 우리 가게 최 군에게 맡기면 어떻게 만드는 건지 알아내는 건 일도 아닐 테니까."

"그거야 그렇지만……."

"이봐, 김 사장. 돈도 버는 놈이 버는 거야. 먹을 수 있을 때 못 먹으면 그것도 병신이야. 우리 같이 이거 먹어버리자. 붕어빵의 지배자가 되자고."

"부, 붕어빵의 지배자?"

"그래! 왕창 팔아서 대박 터뜨리자는 거야!"

종문이 꿈을 꾸는 듯한 시선으로 하늘을 올려다보았다. 푸른 하늘이 아닌 평소 꿈꿔 온 온갖 욕망이 그의 동공 위로 비춰지고 있었다. 좋은 집, 멋진 차, 돈만 뿌리면 환호를 지르고 뛰어올 미녀들……!

"어떡할 거야?"

"기다려 봐. 생각하고 있어."

여전히 마차는 손님들로 인산인해를 이루고 있었다. 보면 볼수록 빼앗아버리고 싶은 욕망이 종문의 가슴 속에서 거세게 불타올랐다.

바로 그때였다.

"죄송합니다! 소스가 다 떨어졌어요! 오늘 스페셜 붕어빵은 여기서 끝입니다!"

재경의 외침과 함께 장사가 끝이 났다.

종문은 무심코 손목의 시계부터 보았다. 이렇게 빨리 재료가 동이 나다니. 더는 고민할 여지가 없었다. 현삼의 말이 맞다. 무슨 수를 써서라도 저 소스를 손에 넣고야 말 것이다.

"가지."

종문이 굽혔던 다리를 펴고 일어나 현삼의 어깨를 툭툭 쳤다. 현삼이 씩 웃으며 그의 뒤를 따랐다.

마차에서는 채빈이 점심으로 사온 초밥의 포장을 풀고 있었다.

"재경 누나. 셈은 좀 이따가 하고 밥부터 먹자. 초밥 사왔어."

"아, 그럴까?"

채빈과 재경이 막 젓가락을 들었을 때였다. 두 남자가 마차로 다가와 머리 위로 그늘을 드리웠다.

"죄송하지만 재료가 다……."

두 남자의 얼굴을 본 재경이 창백해진 안색으로 말끝을 흐렸다.

이 두 사람이 누구인지 그녀가 모를 리 없었다. 수도 없이 자신을 찾아와 소란을 피우고 장사를 방해했던 상가연합의 회원들 아닌가. 사채업자에 이어 오늘은 상가연합이라니, 재경은 눈앞이 캄캄해지는 것을 느꼈다.

"장사가 무척 잘 되네."

종문이 일도 없이 괜히 마차 바퀴를 툭툭 차며 빈정대듯 말했다. 곁에 앉아 있던 채빈이 초밥을 풀던 손을 놓고 주춤거리며 일어섰다.

"아는 분들이야?"

"상가연합……."

재경이 채빈의 귓가에 대고 속삭였다. 그 한마디만으로 채빈은 모든 상황을 짐작할 수 있었다.

이런 변두리로 재경을 쫓아낸 것으로도 모자랐던 걸까. 도대체 무슨 낯짝으로 여길 또 왔을까. 그런 생각을 하며 채빈은 한심하기 짝이 없다는 눈길로 두 남자를 쏘아보았다.

"남동생인가?"

종문이 엄지로 채빈을 쓱 가리키며 물었다. 머뭇거리는 재경을 등 뒤로 밀어내고 채빈이 나섰다.

"그런데요."

"전혀 안 닮았네. 가계도가 좀 꼬였나?"

"어허, 김 사장. 아직 애 앞에서 못하는 말이 없구만."

짐짓 핀잔하는 척하며 현삼이 쿡쿡거렸다.

채빈은 치미는 부아를 억누른 채 시선을 떼지 않고 입을 열었다.

"무슨 일로 왔는지는 모르겠지만 특별한 용건 없으면 그냥 가시죠."

"용건? 있지."

종문이 귓구멍을 후비더니 손가락을 후, 불었다. 아직 남아있던 오뎅 국물 위로 더러운 귀지가 흩뿌려지고 있었다.

"좀 물어보려고 왔어. 왜 아직도 장사를 하면서 우리 같은 소시민의 영업을 방해하는 건지 말이야."

재경이 입술을 깨물고 앞으로 나섰다.

"합의라면 충분히 본 걸로 아는데요. 이런 외곽까지 들어온 데다 장사도 일주일에 이틀밖에 못 해요. 아직도 뭐가 부족한가요?"

"그거야 아가씨 사정이고……. 그래서 내가 제안을 하나 할까 하는데."

"제안이라니요?"

되묻는 재경의 목소리가 약간 누그러져 있었다.

종문이 현삼에게 눈짓을 했다. 현삼이 헛기침을 하면서 입술을 뗐다.

"동업을 하면 어떨까?"

"동업이요?"

"그래, 이런 마차로 구워서 팔아봤자 얼마나 되겠어? 아가씨는 소스만 제공해. 5대 5로 나누겠다는 말도 안 해. 7줄게, 7! 더는 눈치 보고 가슴 졸일 것도 없고 좋잖아. 장사는 우리에게 맡기고 아가씨는 편하게……."

"그만하시죠."

채빈이 손을 뻗으며 말을 잘랐다. 종문과 현삼의 시커먼 속이 훤히 보였다. 바보가 아니고서야 현삼의 제안에 응할 까닭이 없는 것이다. 가슴 속에서 분노가 끓었다. 우리가 얼마나 쉽게 보였으면 이토록 소스를 날로 먹으려고 드는 것일까.

"절대로 그럴 일은 없을 겁니다. 소스는 넘길 수 없으니까 포기하고 돌아가세요."

"이 어린놈이 보자보자 하니까……!"

종문이 주먹을 불끈 쥐고 치켜들었다. 현삼이 짐짓 말리는 척 종문을 뒤로 밀어냈다. 그리고는 채빈이 아닌 재경을 바라보며 물었다.

"아가씨 생각도 똑같나?"

"네, 똑같아요."

재경이 일말의 망설임도 없이 즉각 대답했다. 현삼의 입가에 그나마 남아 있던 엷은 미소가 완전히 사라졌다.

"아가씨는 우리가 그냥 상인 나부랭이로 보여?"

"무슨 말을 하려는 거죠?"

"좋은 말로 할 때 우리 제안을 받아들여. 앞으로도 똑바로 밥 먹고 살고 싶으면."

"말도 안 되는 소리 말아요. 당신들이 나한테 그런 억지를 부릴 권리는 없어요."

"씨발!"

쾅!

현삼이 두 주먹으로 상을 내리쩍었다. 재경은 깜짝 놀라 입을 다물고 딸꾹질을 했다.

"말도 안 된다고? 억지를 부릴 권리? 이것 봐, 순둥이 아가씨. 세상을 좀 알고 살아. 말이 안 되는 건 없어."

갑자기 현삼이 겉옷을 벗었다. 하얀 셔츠 속으로 팔뚝을 온통 휘감은 호박 덩굴 문신이 비춰졌다. 한창 치기 어렸던 시절에 새긴 그의 문신이 재경에겐 더없이 살벌하게 느껴지고 있었다.

"시, 신고할 거예요."

"뭐라고? 안 들려."

현삼이 비아냥거리며 재경에게 귀를 들이밀었다. 그 옆에 선 종문은 팔짱을 낀 채 낄낄거리면서도 눈으로는 마차를 구석구석 훑고 있었다. 기회를 틈타 남은 소스를 훔쳐낼 생각이었다.

한편, 채빈은 고개를 숙인 채 말이 없었다.

'개새끼들!'

심장이 터질 것처럼 뛰고 있었다. 팔은커녕 손가락 하나 마음대로 움직일 수 없을 정도로 온몸이 떨렸다. 겁을 먹어서가 아니었다.

꾸우욱.

채빈은 허리춤 아래로 늘어진 두 주먹을 부서져라 쥐었다. 그리고 스스로를 다독였다.

마왕성에서 얻은 힘이 있다.

이런 빙다리 핫바지 같은 새끼들이라면 10명이 와도 맞설 자신이 있다. 던전의 야차들과도 목숨을 걸고 싸워 승리한 나다. 객관적으로 생각해 봐도 이런 쓰레기들 앞에서 주눅들 필요는 전혀 없다.

"어쭈. 이 새끼 주먹 쥐는데?"

현삼이 채빈의 주먹을 가리키며 헛웃음을 터뜨렸다. 동시에 채빈도 계획 구상을 끝내고 냉정한 표정으로 고개를 들었다.

"누나, 겁먹을 거 없어. 신고해버리면 돼."

"어이쿠, 누가 누굴 신고한다고?"

현삼이 제 몸을 끌어안으며 과장된 몸짓을 해보였다. 그러거나 말거나 채빈은 눈 한 번 깜박하지 않고 말을 이어나갔다.

"입만 번지르르하지 아무 말도 못할 인간들이야. 여차하면 확 경찰에 신고하면 끝이야. 이 인간들은 건달도 뭣도 아니고 그냥 양아치거든."

전략은 주효했다. 채빈의 말이 끝나기가 무섭게 현삼은 얼굴이 붉으락푸르락해지면서 위아래 이를 딱딱 맞부딪치기 시작했다.

"너 지금 뭐라고 했냐?"

"못 들었어? 양아치라고."

철썩!

현삼이 솥뚜껑 같은 손바닥을 날려 채빈의 뺨을 때렸다.

채빈의 얼굴이 모로 홱 돌아가면서 재경이 비명을 질렀다. 그녀는 채빈이 일부러 피하지 않았다는 사실을 짐작조차 못하고 있었다.

"다, 당신들 진짜 신고할 거야!"

"신고해, 씨발. 협박에 폭행까지 했다고 마음대로 나대봐. 예전에 듣자하니 아가씨 어머니 많이 아프시다면서?"

"가, 갑자기 무슨 말을 하려는 거야?"

"아니 뭐. 어머니 눈에서 피눈물 흐르지 않게 하려면 알아서 하라는 그런 뜻이지."

재경은 이번에야말로 백짓장처럼 얼굴이 새하얗게 변해 비틀거렸다. 알량한 협박이라고는 해도 평범한 사람인 그녀로서는 태연함을 유지하기가 쉽지 않았다. 재경은 현기증마저 느끼고 가까스로 마차 모서리 끝을 잡으며 바로 섰다.

바로 그때였다.

철썩!

"크윽!"

현삼의 얼굴이 모로 홱 돌아갔다. 마차 옆으로 나선 채빈이 현삼의 뺨을 세차게 후려친 참이었다.

현삼이 달아오른 뺨을 붙잡은 채 입을 떡하니 벌렸다.

"이, 이 새끼가?!"

"한 대 맞은 거 돌려준 것뿐이야. 주둥이 그만 나불대고 꺼져. 이 꾸이꾸이 돼지새끼야."

"이 피도 안 마른 좆만 한 놈이!"

현삼이 눈을 까뒤집고 주먹을 쳐들었다.

주먹이 채빈의 얼굴 한가운데로 치달아오고 있었다. 딱 한 대만 더 맞자. 채빈은 눈을 질끈 감고 고개를 살짝 옆으로 돌렸다.

빠아아악!

"크으윽!"

채빈이 입술로 피를 토하며 비틀비틀 물러났다. 그 앞으로 이성을 잃은 현삼이 달려들고 있었다.

"너 오늘 죽었다!"

그때였다. 채빈이 주머니에 재빨리 손을 넣었다 빼더니 팔을 획 흔들었다. 손에 쥐고 있던 손잡이가 날카로운 쇳소리와 함께 쭉 늘어났다. 오늘 갓 구입한 무기, 두랄루민 3단봉이었다.

'제대로 먹혀야 할 텐데.'

현삼의 공격권을 벗어나 뒤로 물러나면서 채빈은 머리를 굴렸다. 당장 활용할 수 있는 능력은 삼재검법뿐이었다. 재경도 두 눈을 치켜뜨고 바라보고 있는데 대놓고 매직 애로우 따위의 마법을 사용할 수는 없는 노릇이었다.

텔레키네시스 마법이라면 사용할 수 있겠지만 이건 또 마나 소모력이 너무 커서 자칫하면 오히려 위험해진다. 텔레키네시스는 나중의 카드로 남겨두고 일단은 삼재검법을 활용해 상대하기로 했다.

"채빈아! 그러지 마! 이리 와!"

재경의 거듭되는 외침을 외면하면서 채빈은 서서히 3단봉을 치켜들었다. 그 앞으로 현삼이 노도와 같은 기세로 짓쳐오고 있었다.

채빈은 재빨리 초식을 머리에 그리며 한 발을 옆으로 움직였다. 왼발을 내딛는 동시에 허리를 떨어뜨리고 내지른다. 주먹을 머리 위로 흘려보내면서 찍어버린다. 채빈은 튕기듯이 나가며 3단봉을 머리 높이 쳐들었다.

―이산도해(移山倒海)!

빠아아아악!

"커어어억!"

둔탁한 타격음과 비명이 하나로 어우러져 허공에 메아리쳤다. 이윽고 현삼이 제 팔뚝을 부여잡은 채 볼썽사납게 고꾸라졌다.

쿠우웅!

"아야야야야! 내, 내 팔!"

고통으로 몸부림치는 현삼을 내려다보면서 채빈은 속으로 쾌재를 불렀다. 비록 내공은 들어가지 않았지만 초식의 실행은 거리낄 것 없이 깔끔하고 완벽했다.

바로 그 순간.

덥석!

등 뒤로 나타난 종문이 채빈을 두 팔을 단단히 붙잡았다. 채빈은 앞으로 머리를 숙였다가 힘차게 젖히며 뒤통수로 종문의 면상을 가격했다.

쾅!

"갸아악!"

종문이 이마를 감싸 안고 엉덩방아를 찧었다. 코에서는 쌍으로 코피가 줄줄 흘러내리고 있었다.

"이 치사한 새끼가 박치기를 해!"

주저앉은 종문이 흐르는 코피를 막으며 되도 않는 소리를 지껄였다. 그러면서도 한 손으로는 몰래 돌멩이를 집어 들고 있었다.

노심초사 보고 있던 재경이 소리쳤다.

"채빈아! 조심해!"

말하지 않아도 이미 알고 있었다.

채빈은 종문이 팔을 내지르기가 무섭게 가볍게 뛰어올라 공격을 피했다. 그리고 곧바로 3단봉으로 종문의 허벅지를 세차게 후려갈겼다.

빠아아악!

"갸아아아악!"

종문이 허벅지를 붙잡고 외발로 깡충깡충 뛰다가 고꾸라

졌다. 어찌나 아픈지 흙바닥에 처박은 입을 크게 벌리고 물 잃은 붕어처럼 숨을 헐떡이고 있었다.

'운이 좋았어!'

쓰러진 종문과 현삼을 번갈아 보면서 채빈은 생각했다. 실전을 겪으면서 보다 확실하게 자신이 얻은 힘의 문제점을 꿰뚫을 수 있었던 것이다.

던전에서 획득한 10년의 내공을 전혀 사용하지 못했다. 단전 안에 응어리진 기운을 막연히 느낄 수만 있을 뿐, 이 힘을 끌어내지는 못했다.

보통의 인간들이기에 초식을 흉내 낸 수준으로도 처치할 수 있었지만, 던전의 몬스터라면 얘기가 달라진다. 이놈의 무공이라는 녀석은 시작부터 마법과 완전히 궤를 달리하고 있었다. 다루는 방식이 하늘과 땅 차이였다. 하루라도 빨리 내공을 다루는 방법을 알아내는 것이 채빈에게 당면의 과제로 다가오고 있었다.

어찌됐든 채빈은 안도하며 바지자락의 흙먼지를 탁탁 털어냈다. 싸움은 이걸로 종료되었다. 최소한 한동안은 감히 덤벼들지 못하리라.

"이… 이 좆같은 새끼……! 아으윽!"

"아가리는 살았네? 더 할래?"

"크으으……!"

종삼은 감히 대답도 못하고 비틀거리며 일어서서는 아직 쓰러져 있는 현삼을 부축했다. 한편, 마차 끝에 선 재경은 눈물로 두 눈이 그렁그렁해진 채 아직도 온몸을 벌벌 떨고 있었다.

"채, 채빈아……. 괜찮아?"
"아무렇지도 않아."
"미안해……. 누나가 미안해……!"
"그런 말 좀 하지 마. 빨리 정리부터 하자."

채빈은 재경의 등을 토닥여주고는 앞장서서 마차를 정리했다. 종문과 현삼은 낑낑거리며 돌아서고 있었다.

"크으……. 씨발! 두고 보자!"

종문과 현삼이 한심한 몰골로 절뚝거리며 길 너머로 멀어져갔다. 그들의 뒷모습을 바라보고 있는 채빈의 심정은 착잡했다. 소스 하나로 이런 일이 벌어지리라고는 생각도 못했다.

'누나…….'

채빈이 재경에게 시선을 떨어뜨렸다.

재경은 두 손에 얼굴을 묻고 흐느끼고 있었다. 상가연합에 대한 두려움과 채빈을 향한 죄책감 때문이었다.

'걱정하지 마.'

채빈은 입을 다문 채 마음속으로 속삭였다.

재경을 원없이 실컷 울도록 놔두고, 채빈은 잠시 하다가 멈췄던 마차 정리를 재개했다.

'헤헤.'

어느 순간 무심코 집 쪽을 바라보게 되었을 때 채빈은 웃고 말았다.

내가 사는 집 지하에는 아무도 모르는 나만의 세계가 있다. 정확히 알 수 있는 건 전혀 없었지만, 어쩐지 채빈은 확신할 수 있었다. 이 세계가 손 안에 있는 이상 두려울 것은 그 무엇도 없다고.

그리고 이제 또······.

마왕성으로 찾아가야 할 시간이 다가오고 있었다.

『이계마왕성』 2권에 계속···

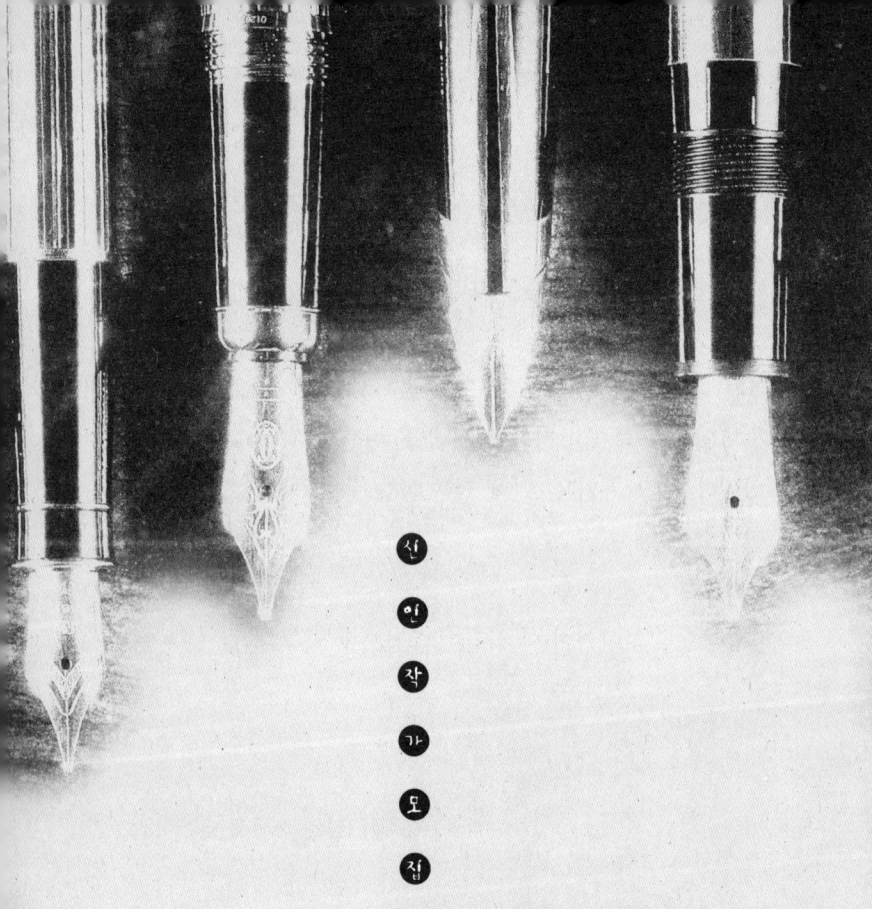

우리가 기다려 왔던 신개념 소설!

말년 병장 김성호!
"어이, 김 병장. 놀면 뭐하나?"

떨어지는 낙엽도 피해야 하는 시기에 삽 한 자루 꼬나쥐고
더덕을 캐는 꼬인 군 생활의 참증인!

『태클 걸지 마!』

낡은 서책과 반지의 기적으로 지금껏 모르던 새로운 힘을 깨달아간다!

불운한 삶은 이제 바뀔 것이다. 내 인생에 더 이상 태클은 없다!

Book Publishing CHUNGEORAM

유행이 아닌 자유추구
WWW.chungeoram.com

촌부 新무협 판타지 소설
FANTASTIC ORIENTAL HEROES

『우화등선』, 『화공도담』의 뒤를 잇는
작가 촌부의 또 하나의 도가 무협!

무림맹주(武林盟主), 아미파(峨嵋派) 장문인(掌門人),
군문제일검(軍門第一劍), 남궁세가(南宮勢家)의 안주인.

그들을 키워낸 어머니—
진무신모(眞武神母) 유월향(柳月香)!

어느 날, 그녀가 실종되는데……

"하, 할머니는 누구세요?"

무한삼진의 고아, 소량(少兩)에게 찾아온 기이한 인연.

세상과 함께 호흡을 나눌 수 있다면[天地同息]
천하의 이치를 모두 얻으리라[天下之理得]!

이제, 천하제일인과 그녀가 길러낸
마지막 자손의 이야기가 펼쳐진다!

Book Publishing CHUNGEORAM
WWW.chungeoram.com

홍정훈 판타지 장편 소설

『비상하는 매』의 신선함, 『더 로그』의 치열함, 『월야환담』의 생동감.

그 모든 장점을 하나로 뭉쳐 만든 홍정훈식 판타지 팩션!

아더왕과 원탁의 기사.

전설의 검 엑스칼리버의 가호 아래 역사에 길이 남을 대왕국을 건설한
위대한 왕과 그의 충직한 기사들.

"…난 왜 이리 조건이 가혹해?!"

그 역사의 한복판에 나타난 이질적 존재, 요타!
수도사 킬워드의 신분을 빌려 아트릭스의 영주가 되어 천재적인 지략과 위압적인 신위를 휘두르며
아더왕이 다스리는 브리타니아에 정면으로 반기를 든다!

전설과 같이 시공을 뛰어넘어
새로운 아더왕의 이야기가 우리 앞에 나타난다!

Book Publishing CHUNGEORAM

유행이 아닌 자유추구 -
WWW.chungeoram.com

시공을 달리는 자
RUNNER
임영기 장편 소설 런너

내 꿈은
21세기 나의 제국에서 그녀와 함께 사는 것이다

나는 전쟁의 신이며 또한 전능자(全能者) 런너다.

이제 내 행동은 역사가 되고 내 말은 법이 될 것이다.

Book Publishing CHUNGEORAM

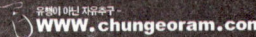